LA MUSO

OUBLIDADO

PAR

DELBÈS

POÈTE GASCON.

Esteleto assoumbrido,
O tu que planes sur moun cap,
Luzerno tan-si-pu ; que besqui ta clartat ! ! !
. . . .

AGEN

IMPRIMERIE DE J.-B. BARRIÈRE.

⚬⚭⚬

1858.

LA MUSO

OUBLIDADO.

LA MUSO

OUBLIDADO

PAR

DELBÈS

POÈTE GASCON.

Esteleto assoumbrido,
O tu que planes sur moun cat,
Luzerno tan-si-pu : que besqui ta clartat ! ! !
....

AGEN

IMPRIMERIE DE J.-B. BARRIÈRE.

⊰8⊱

1858.

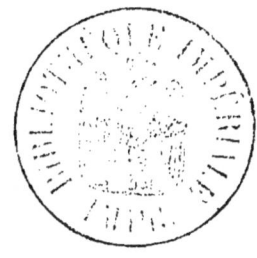

PRÉFACE.

En livrant à la publicité quelques faibles essais dans la langue de sa ville natale, Delbès n'a point cédé aux suggestions d'un vain amour-propre : après avoir longtemps résisté aux sollicitations pressantes de ses amis et de ses compatriotes, il a dû fermer les yeux sur toute considération personnelle et faire trève de modestie, pour ne tenir compte que de leur indulgence.

Quelle que soit la diversité des langues, la poésie est une : grecque ou latine, romane ou scandinave, française ou gasçonne; elle puise aux mêmes sources, broie les mêmes couleurs, grave au même burin, sculpte au même ciseau.

Parmi ses adeptes, il en est de privilégiés par l'inspiration et le génie. Ils ont atteint aux sommités de l'art; le rayonnement de leur front peut importuner l'envie contemporaine; — c'est l'histoire de tous les temps : — la mort les venge par l'apothéose.

Quant à Delbès et à tant d'autres bohèmes littéraires, humbles admirateurs de ces grands maîtres, ils grossissent la foule des postulants obscurs qui se pressent aux abords du sanctuaire : — leur place est marquée au seuil du temple, dans une attitude d'humilité :

> Le nom de poète est commun ;
> Rien n'est plus rare que la chose.

Quand le culte traditionnel du passé ne ressemblera plus au fétichisme, que l'heure de l'émancipation intellectuelle sera entendue et que le langage des vrais enfants du siècle sera accepté sans prévention, que de renommées usurpées descendront de leur piédestal ! Que de pygmées reprendront leurs proportions ! — Soit dit sans nulle allusion, ce qui n'est ni dans notre pensée ni dans nos habitudes.

Delbès ne se décerne donc pas le titre de poète, lui, simple ouvrier, presque illettré, qui nourrit sa nombreuse famille au prix de ses sueurs, qui chante comme Bulbul chante, — qui gémit, — comme gémit l'orfraie.

Sa vie serait un long sanglot si la Providence ne fortifiait l'âme du pauvre contre les misères d'ici-bas ; comme elle émousse l'œil du riche devant les splendeurs de l'opulence.

L'indigence, aux lèvres faméliques, élit domicile dans la mansarde d'une pauvre famille : — et c'est à peine si, à de rares intervalles, cette visiteuse importune est repoussée par des paroles d'amertume.

Delbès a ri, il a pleuré dans le patois du vieil Agenais : Car, de même qu'à travers les forêts, le voyageur s'assied dans la clairière, le cœur se repose dans la philosophie avant de sonder la profondeur des plus sombres pensées.

Delbès a ri, — il faut bien le dire, — parce que le rire est le masque de sa vie tourmentée, et que les larmes secrètes en sont l'histoire.

Il déclamait publiquement des vers qui sont bien son ouvrage, — quoi qu'en aient pu dire quelques personnes trop prévenues peut-être en leur faveur ; ce qui, — d'après les propres réflexions de l'auteur, — lui aurait fait illusion sur leur mérite.

Il chantait sur des tréteaux, parce qu'au logis une femme, une aïeule et six enfants lui demandaient du pain.

Pour suppléer à un travail ingrat, il écrivait à la lueur d'une lampe des facéties désopilantes : — Pour écarter la faim, il spéculait sur la poésie !...

Delbès s'efforçait d'égayer son auditoire, et lui servait,— en chansonnettes, — des pochades et des calembredaines, pour parer aux frais de maladie de ses quatre filles, mortes successivement à l'âge nubile, quand leur travail aurait allégé le sien.

Ses veilles poétiques lui coûtaient des regrets quand elles réduisaient les heures de son labeur industriel. *La Muso oublidado* est l'expression de ces luttes intérieures, — dans l'atelier silencieux, — entre le goût de la rime et les exigences d'un travail quotidien.

Sa voix s'est émue au souvenir de sa grand-mère, — *La Beouso del Taillur,* — filant nuit et jour pour aider un jeune couple, gêné par le chômage aux premiers temps de son union : — ce couple était celui du père et de la mère de l'auteur.

Le récit du dévoûment de son aïeule humecta les yeux d'une dame, dont le nom béni s'associe à toute œuvre de charité : — *A uno Damo d'Agen,* est un remercîment du cœur.

S'incliner à la mémoire de saint Vincent-de-Paul, — *Soubenis de sen Bincen de Paul,* — c'est suivre avec émulation, la trace d'un compatriote que le Midi loue et applaudit, du Barde agenais que Delbès a salué fraternellement dans *la Crout d'aounou* et dans *ma Muso al Parpaillol.*

Une invocation au beau temps, intitulée : *Prièro as Pastous* ; l'ode ou romance qui a pour titre *lou Retour del Printen* ; celle qu'a inspirée l'Expédition de Crimée, — *al Cou-*

ratche frances, — et *lou Solitairo* composent les principales pièces lyriques de ce Recueil.

La romance *lou Solitairo* est devenue populaire à Agen, depuis que trente-six voix l'ont chantée en chœur, au Théâtre de cette ville, dans quelques réunions et solennités.

Quelque imparfaite que soit la déclamation de l'auteur, quelque médiocres que soient les ressources de sa voix, dans l'interprétation musicale de ses chansons et ballades, les applaudissements n'ont pas manqué à la plupart de ses pièces. L'épreuve de la lecture sera-t-elle aussi favorable? — C'est ce dont l'auteur n'ose se flatter; — seulement il veut être, — une fois de plus, — l'enfant gâté du public agenais.

Comme l'espagnol, le patois, par l'ampleur et l'éclat du son, notamment aux chûtes et aux temps d'arrêt de la mesure et des périodes, — par ses augmentatifs ou diminutifs, — par son harmonie imitative, — le patois, disons-nous, se prête à merveille au genre burlesque : aussi la fantaisie du coq-à-l'âne et du pot-pourri se glisse-t-elle çà et là dans ce bouquet de poésie gasconne, auquel l'auteur aurait voulu donner plus de fraîcheur et de délicatesse de parfum.

Ma Muso interroumpudo, c'est le jeu de mots échangé entre le rimeur absorbé dans sa rêverie et le pêcheur attentif, — tous les deux attirés sur la rive, l'un pour pêcher le goujon à l'eau transparente du fleuve, l'autre pour pêcher le vers à l'eau trouble d'une première inspiration.

Lou Parat et lou Fissaillou, — le Moineau et le Frelon, — personnifiés d'une façon drôlatique, et traduits, pour voies de fait, à la barre d'un tribunal assorti à la cause, provoquent l'hilarité, quoique l'originalité du récit, la déchiqueture du vers et les difficultés de la rime en résument à peu près la valeur.

Nous en dirons autant de la chansonnette *lou Bi et l'Aïgo*, — question de mérite et de prééminence entre l'eau et le vin; — de *Préambulo à Bacchus*, pochade assaisonnée de tirades latines imaginées par l'auteur, qui n'a jamais feuilleté le rudiment, pas plus que Noël et Chapsal ou Napoléon Landais.

Il confesse qu'il est fort peu en relation d'intimité avec les Muses antiques, et qu'il n'a point fait part au public d'impressions recueillies dans le commerce d'Horace ou de Juvénal.

Quelle que soit sa déférence pour les morts, il aimerait à vivre avec les vivants : car il a senti palpiter la vie et déborder la sève dans la littérature contemporaine.

Son assiduité au travail lui permet à peine, — à la dérobée, — de dévorer quelques pages modernes, et, — la brosse d'une main, la plume de l'autre, — de jeter sur le papier quelques vers imparfaits.

Il en résulte qu'il ne fouilla pas dans la poussière des bibliothèques d'une autre ère, pour y étendre sur des vieux moules un plâtre terne et sans consistance.

S'il ne reproduit pas les vivants au daguerréotype, il ne peut lui venir dans l'esprit de galvaniser les morts et de leur rendre un simulacre de vie dans une œuvre pâle et décolorée.

Si Dieu ne l'a pas animé du souffle inspirateur qui illumine l'œil du poète, les circonstances l'ont réduit à sa propre individualité.

Delbès a écrit comme il a pensé, comme il a senti. S'il n'a pas été brillant, ni toujours neuf, ni châtié avec scrupule, il n'a calqué servilement aucun modèle ; il plaît par sa verve bouffonne, par des mots heureux, par quelques teintes poétiques ; — ce qui fait qu'on lui attribue généralement un cachet d'originalité.

J'ai hâte, amis lecteurs, de couper court à ces digressions théoriques pour vous remercier, — au nom de Delbès, — de vos bonnes paroles qui l'ont encouragé, qui l'ont soutenu dans ses jours de deuil et d'amertume.

Il remercie ses Souscripteurs qui ont voulu tirer de leur obscurité quelques productions intellectuelles nées au milieu des produits industriels de l'atelier, et relever, — dans le plus modeste de leurs compatriotes, — le travail du corps s'associant à chaque instant du jour au travail de l'esprit; — l'ouvrier de la matière et l'ouvrier de la pensée.

Vous lui avez fait aimer, Messieurs, sa vieille cité agenaise, son fleuve et son ciel, ses vieux ormes du Gravier, son Ermitage et sa riche plaine, sa population polie et bienveillante, sympathique à ses compatriotes.

C'est par vous qu'il a aimé sa pauvreté, les quelques meubles dus au rouet de sa grand-mère, son foyer ignoré que recouvre un humble toit.

Si Dieu lui prête vie, il dira dans la langue qu'il épela, comme vous, au berceau, vos impressions qui sont les siennes, vos tristesses qui inclinent son front, vos joies qui rayonnent jusqu'au fond de son cœur.

Pour s'identifier avec vous et vivre de votre vie, il voudrait vous voir respirer plus à l'aise sous les couleurs de sa palette gasconne, avec vos pensées, vos habitudes, votre caractère, vos affections, votre physionomie propre.

— Ne lui en reviendrait-il pas à lui-même un mérite tout particulier de vérité, de fidélité, de couleur locale?

Ce mérite, il vous le devrait; — ces goûts sympathiques de l'auteur, il les ferait tourner au profit de la réputation que vous avez bien voulu lui faire.

HYACINTHE BRUNET.

A DELBÈS.

Type des troubadours, poète populaire,
Delbès, toi dont la verve aux Agenais sait plaire,
Sur tes jours abreuvés d'amertume et de fiel,
Sur ton front soucieux brille un rayon du Ciel :
Pour jeter quelques fleurs au sentier de ta vie,
A ton humble foyer s'assied la Poésie.

Elle seule a formé ton éducation ;
Sans maître tu suivis ton inspiration :
Tu bus à cette source intarissable et pure
Que partout sous ses pas fait jaillir la nature,
Qu'au sortir d'une hutte ou du palais des rois,
Effleure toute lèvre avec les mêmes droits.

De tout temps la Bohême eut ses jours de misères ;
Mille écrivains fameux furent de pauvres hères ;

Comme eux déshérité, ta vie eut ses douleurs ·

Pour secourir les tiens, parmi les bateleurs

Il fallut t'enrôler; sur les places publiques

Te grimer et chanter des refrains drôlatiques;

Car à ton Golgotha n'a monté nul sauveur;

Pour toi n'a point soufflé le vent de la faveur;

Tu n'as point prodigué, dans un pompeux langage,

L'encens qu'aux gens de cour brûle un poète à gage.

Tu préféras chanter, au coin du carrefour,

La gaîté du Caveau, le plaisir et l'amour;

Et des rives du Lot aux bords de la Gironde,

La foule applaudissait à ta verve féconde.

Tu plûs partout; partout un chaleureux accueil :

De tes ovations tu ferais un recueil.

A Cahors, — on le sait, — deux prix académiques,

Trouvère, ont couronné tes essais poétiques :

Tu reçus la médaille où fut gravé ton nom,

Ton portrait dessiné par un peintre en renom;

— A ta biographie il manquait une page :

La consécration d'un docte aréopage.

Mais ta voix est muette, et, dans plus d'un canton,

Le suffrage public appelle ta chanson :

— Que devient ta marotte?.... Où se cache ta lyre?....

Si l'on ne t'entend plus, fais qu'on puisse te lire !

De tes mille auditeurs écoute le désir;

Fais-nous goûter le fruit d'un trop rare loisir.

Nous sommes alléchés; maint critique émérite

En vante la saveur, en prône le mérite.

Qu'il mûrisse au soleil de la publicité;

Qu'il brave du concours le péril redouté;

Que la presse l'expose au palais littéraire

Dont l'imposant jury comprend l'Europe entière !

— Nous t'avons applaudi; pour être tes lecteurs

Nous voulons figurer parmi tes souscripteurs.

Acquiers un nouveau titre à notre sympathie :

Pactise pour nous plaire avec ta modestie !

POITEVIN-NOEL.

A DELBÈS.

Poèto, trabaillo toutjour!
Es un amit que te z'ou crido:
Ta missioun n'es pas finido,
Te rebeillaras un bèl jour!...

Del mounde sabes l'incoustenço,
Del ciel couneches la puissenço :
Pot, anèy, d'un lugret fa lou pu bèl sourel,
Et Jansemin, que te doumino,
Poudrio douma fa tristo mino,
Et tu, douma, jitta bien may d'esclat que d'el.

Quand su la cuyo-d'*hiroundello* (1)
Ta courto aguillo fay : Pioû, pioû,
Poèto, prèguo lou boun Dioù
Que t'enrichisse la cerbello;

Que te dongue la caritat,
Un tendre cur, uno grand'amo :
Atchi ço que l'on yi reclamo
Se l'on bol l'immortalitat !

Et se Dioû recèt ta prièro,
Ta publicatioun prumèro
Esclaoûfis Jansemin et l'*Estelo d'Agen*,
Que la Gascougno festibolo :
Coumo uno grosso petayrolo,
Lou beran s'applatti, reboucan tout soun ben.

Es un amit que te z'ou crido :
Poèto, trabaillo toutjour,
Te rebeillaras un bèl jour :
Ta missioun n'es pas finido !

(Cassencuil, Juin 1857) L. BERNARD.

(1) Habit à queue d'hirondelle.

LA MUSO OUBLIDADO.

LA MUSO OUBLIDADO.

I

Mous tourmens ; — Ma courbeto à la Naturo.

L'hibèr agrumelat dins sa bieillo mantillo,
  La gouto al cat del nas
   Qu'atengut escampillo
    Sur nostres pas ;
Las mas fourrados dins las potchos,
Lous pès glattits dins las galotchos,
S'amistouso, grâço al boun Dioù !...
Nou beyren plus lou gèl pel rioù ;
  Lous béns que fioulejabon
   Se soun taysats ;

Las brumos que rajabon
S'aballısson de tout coustats !....

Quıttas al coufin la languino
Et l'estoffo de sur l'esquino.....
Lou printen bèn d'oubri la porto del casal,
L'aousèl se desajoùquo
De pel traou de la souquo,
Per ana se pinqua pel joual !.....

Cantas, cantas soun arribado :
Bien-lèou de sous councers, coumo à la coustumado,
Sul l'aoure que bay s'habilla,
Se preparo de rebeilla
La joyo qu'abian oublidado
Quand el oublidèt de boula !....

Courès cats al bèl ten oùn abès la pensado :
La turro de pel can se bay degrumela
Al butti de la samenado ;
Camis et caminols anèy tornon planès ;
L'ourme coumenço à fa fourtuno de diuès ;
Lou noubèl jour s'estiro,
L'alo del gril esquiro
Lou bèl ten qu'attendès !....

Quittas couens et recouens oùn lous cos se mourenou :

Lous parfuns de las flous

Que lous ayres permenon

Ban amaysa bostros doulous....

Prenès couratche, aduja-bous,

Lou Ciel s'aluquo,

Lou gran rioû de las luts paychello de tout bors,

A sous courrens daourats la terro se descluquo

En desplegan sous milès de tresors !....

Tresors de bito oùn l'esprit se miraillo,

Grandissès ! grandissès al cot d'alo del ten !

Tant que jou, dins lou pessomen,

De bostre frut noubèl attendi la micâillo

Que tant gragnoti paoûromen

Per mettre sur la den !....

Oh ! pourtant, sans *migra* (1), bous faou prumèro plaço

Al mièy de mous quatrins oùn souben pés gazouns

Lou gousiè del pastou, que jamay nou s'alasso,

En lous cantan, fay fuji des balouns

Lous inoucens echos jusqu'al sé de l'espaço

Oùn ban repeta bostres nouns !....

(1) Vieux mot : SE CHAGRINER.

Et jou toutjour soulet, pla lèn oùn digun passo,
Pés camis escarèls, pés pèts, pés recoundous,
En embejan lou sor del parpaillol hurous,
    Sans perpilla sur ma guignado,
    Tant qu'el pren la boulado
    Plègui debat bostros grandous :

El qu'ignoro la ma qu'a pintrat sas aletos
    Quand se festejo sul ramèl,
Lèn de qui lou persièt s'enbolo cats al cièl ;
Et quand s'es fatiguat à soun bol à jougletos
    Torno as bouquets d'oùn es partit,
    Per floureja d'un noubèl appetit !....

Oh ! coum'el se poudioy d'aquel riche feillatche
    Nourri lou cor que trayni malhurous,
Sans maoudi lou passat de moun pellerinatche
Aniyoy l'oublida pés ramels, pél las flous !....

    Paouro Muso oublidado,
    Per te tira del pèr
    S'ès toutjour en pensado ;
    Jamay s'ès fatigado,
    Aniyos al nioù de la sèr,

Sans cregne de picado ;

L'aguillou del besoun

Te fay laoùra sans cesso à toun bèr cour et loun

Oùn boudros appuya ta forço que s'alasso....

Nou, nou, l'appuyaras sul l'aguillo et sul fièl

Que diou couyre ta biasso

Per ana truca del martèl !....

Oh ! malhurous genio,

Perque m'as rebeillat

Ambe ta poesio

Oùn me bargui lou cat,

Dunpèy quaouquos annados,

A marida de mots

Que baoù pesqua pés rots,

Pés cans et pé las prados ?

Oùn cado jour nou faoù que saouneja !...

Oh ! couro as doun finit de me tintineja ?....

Ma plumo fatigado

S'es paousado

A la fi del couplet qu'èy tan souben cantat

Et que lou campagnar entouno à plé de cat :

« L'echo de la mountagno

« S'ennarto en repetan :

« Grand Dioû ! per la campagno

  « Un miracle per an !

« Rebeillo-te, balen paysan,

  « Ço qu'as plantat berdejo ;

« Tout en crechen pren soun élan

  « Et sans brut s'agarrejo ;

« Anèy pertout , ço que languis,

  « Se cambio en paradis ! »

II

As Critiquayres de mous bèrs.

Qu'èri counten debat lou pez de mas misèros,
D'entendre repeta pés cans, pé la carrèros,
Lou couplet que souben n'aouyon pas bourgut méou !
    Podi pourtant me dire : Es téou !
    L'as prés al brès de la naturo,
Coumo l'aousèl des cans y pren sa nourrituro,
    En tastounan coumo fay lou paouret,
        A cerqua lou croustet.....

    Eh bé ! coum'el, la mémo caouso,
    De tens en tens, de paouso en paouso,

Tastouni per trouba de bèrs que pla souben
Me daychon pés camis aganit et souffren.

Et de jalous me fan la guerro
Pourtant la ma del Cièl quand jardinèt la terro,
Nous dounguèt la pensado à touts per n'oun serbi ;
Perque doun lou que souffro et que pot se guari ,
Ambe sa lengo nourricièro ,
Se daychayo mouri ?...

Nou , boli bioure enquèro
Per gragna per aques que m'appèlon papay ,
Et per dedoulouri lou cô d'or de lour may
Oùn dunpèy trento annados
Tant de penos al col
Se soun agrumelados
Et prés un corp de rot....

Esteletto assoumbrido ,
O tu que planes sur moun cat ,
Luzerno tan-si-pu , que besqui ta clartat !...
Car ma bito estarido
A peno se susten :
Fay-me luts , s'en bay ten ,

Et touts lous oustalans d'uno mêmo famillo
Saran saoubats!...

En aques mots, que n'èy pas oublidats,
Uno grosso grumillo,
Tant fredo que lou gèl,
S'escapèt de moun èl ;
Et mèjo-houreto aprèt, à moun pas d'habitudo,
De la campagno presque nudo
Me passejabi dins lous prats
Qu'uno sasou noubèlo abio pinparelats.

Jamay li d'hibernado
Nou fusquèt tant floùcado.
Tout escapabo del toumbel
A la frescou de la rousado,
Que bien-lèou fusquèt alucado
A las garbos de luts que toumbabon del Ciel.

Lou coutisquet pioùlabo,
Lou pijoun roucounabo
Al tour de soun loubet ;
Et lou poul debalabo
De soun jouquè, triquet, triquet,

En entounan : *Quéquéréquel!...*
Tout ço que pren sa nourrituro
Sans abe ré plantat,
Ni samenat,
N'en remerciabo la naturo....
Et jou, de moun coustat,
Remerciabi de Dioù la sento boulountat !

A se fa pu poulit déjà tout se preparo :
Me cadra fa plaço al printen !
Per courré may biste tout-aro,
Me baoù sètre un pitchou moumen...

INPROUNTU

AS APPLAUDISSEMENS DE MAS CANSOUS AL THÉATRE D'AGEN.

1849.

Sù l'aoûta de la poesio,
Al mièy des chans harmonious,
Bèni dire moun grand mercio
As applaudissomens flattous
Qu'abès dounat à mas cansous :
Mercio !... ah ! milo cots mercio ! ! !

3

UNO PRIÈRO

PÉS PASTOUS.

UNO PRIÈRO PÉS PASTOUS.

Pastou, Pastouro,
Courò doun, courò
    Pel prat
    Accoustumat,
    Pla de boun-houro,
    D'un saoù bendres
    Et cantares
    La cansounetto
    Tant poulidetto ?... :

« Printen, printen,
« Oùn tout s'esten
« Et se caresso,
« De ta richesso,

« Que tant nous play,
« Bèno floùca lou brot de may !....

« Dono-nous un sinné qu'arribes,
« Per la messatchèro qu'abibes
« De toun amou, quand és praci !....
« Abèn balejat l'iragnado,
« Per li fa plaço à la teoùlado
« Sans poudé dire !a baci !...

« Oh ! quand tournara l'hiroundèlo
« D'un bol frisa la pimparèlo
« Et carreja per fa soun nioù
« La fango que trôbo pel rioù !

« D'un'aoùbo pu poulido,
« Pel sourel enrichido
« Beyren de touts coustats
« Las perlos argentados
« Que sameno pés prats ;
« Milo flous abibados
« Al mièy de tas grandous
« Embaoùmaran lous ayres
« De lur douços aoùdous ;

« Et l'hymno des cantayres

« Setuts al bord des rioûs

« Anira déroûca lous échos de lurs nioûs.

« Oh! tout per tu se desabrito,

« Oh! tout per tu torno jouyous;

« Tout per tu s'estaco à la bito,

« Oh! de tu tout és amourous!...

« Coumbièn dejà de maynadetos,

« Dins lous cans transidos de fret,

« En s'halènan dins las manetos

« Marmoton lou poulit couplet ·

« *Printen, sasou tant desirado,*

« *Qu'attendèn dunpèy tant lounten,*

« *Courò de ta douço halenado*

« *Que fay fugi lou mechan ten*

« *Nous anounces toun arribado*

« *Que lous paourés pastous*

« *Saludaran à ginouillous?* »

Paoûrots, per se distrayre

Al ten que n'aymon gayre,

Sur quaouquos brencos de ramèl
Qu'un rude hibèr a despouillados,
Ambe la punto d'un coutèl
Marquon lous més et las journados,
Que tant duromen an passados
Al bén, pel la plèjo et sul gèl!....

Printen, oh! que de còs per tu que truquon,
Et de cots d'èls que se trabuquon
En te sercan
Naoû més de l'an!

Tout, per tu, prèguo à sa manièro,
Et lèn de tu souffro et languis;
Tout ço que rampo sur la terro
Atten aprèt toun paradis!

A UNO FILLO

A LA SUITO DE MA TOUMBADO COUNTRO UNO PORTO.

⊕—⊕

INPROUNTU.

⊕—⊕

Escuzas s'èy trucat ;
Aco's qu'èy trabucat !
Èy fèyt un cranboulatche ,
Et m'en sayoy passat :
Fasques pas de tapatche ,
S'èy fèy quaouque degat ,
Per bous pagua , ma chèro.
Bous offri de boun cò moun billet de partèro.

⊷⊶⊷

LOU RETOUR DEL PRINTEN.

ROMANÇO.

Printen jouyous, bèno floùca las prados,
Pertout, pertout attendèn tas aoudous;
Lous pastourèls et las jouynos maynados,
Fièrs de t'abé, se minjon de poutous;
De cats aci pousso toun halenado,
Fay-nous senti lou bounhur qu'embejan;
Jetto pertout ta perlo de rousado
Et de touts bords las sèguos floûriran.

Que s'ès poulit quand lou sourel t'enbôyo
Sous flots daourats que trabèrson l'azur,
Pés rots, pés cans escampilles la jôyo,
Et dins lous còs fas glitsa lou bounhur!

Dins tous parfuns tout rit , tout se caresso ,
S'ès lou miral de touts lous amourous ,
S ès lou bastou de la paoûro bièillesso ,
Et pel malaoû s'ès lou mèl lou may dous.

Lous aousèlous dejà dins lou bouscatche
A plen gouziè gazouillon lur *chibit;*
Lou roussignol estudio soun ramatche
Et te caousis l'ayre lou may poulit ;
Lou gril sul traoû fretillo soun aletto ,
Lous parpaillols attendon tous bouquets ;
Et dins lou rioû la bèl' ayguo claretto
Per te festa countugno sous caquets.

Al nioû de mèl l'abeillo poulideto ,
En bourdounan, n'atten que toun retour ;
De lèn , bien lèn , la bèlo hiroundèleto
Te bay pourta lou frut de soun amour !
Dejà lou crun s'abalis dins l'espaço
Et touts lous bens se ban amatiga ;
Tout ço que l'èl pot beyre te fay plaço ,
Printen, printen, tardes pas d'arriba !...

A UN AMIT

SUR UNO POUMO PLA POULIDO ET QUE CREZIOY BOUNO.

꧁꧂

INPROUNTU.

꧁꧂

Bèlo coumparésoû,
Me diras s'èy rasoû :
Dins uno pleno desco oùn aouyos fèy caousido,
Bôli que dins ta ma tengues la pu poulido,
Que nou gnatche pas d'aoutro à la ribalisa :
A sa roujélo pèl dibés-tu te fisa?...
Nou!... d'uno fenno, amit, ac'o la mêmo caoûso,
Tant bal uno Bénus al moumen que repaoûso
Al mièy de sas béoutats : ré de pus apparen,
Bèlo graço defôro et mechanto deden.

Per bous tira de la miséro
Lou sort m'a destinat à bous serbi de pay :
Benès, paoûrots, benès, bous diréy la priéro
Per que lou Ciél perdoune à bostro may !

SOUBENIS

DE SEN BINCEN DE POL.

Quin bèl tablèoû, quino bèlo journado !
Per nous-aoûs quino jôyo al bounhur alûcado !
Abèn dejà sentit lous bienfèys generous
D'aquel que sû la terro a secat tant de plous.
Oubren-li nostres còs, prèt d'el nous fara plaço ;
Sabès que pel paourot jamay, jamay se lasso,
Toutjour as pès de Dioû prègo per soun bounhur,
A-tengut sû la terro a soun èl sul malhur.
Oh ! oui, regarda-lou sû la porto celesto
Jetta de flous d'amou per embaoûma sa festo.

Oh ! grand sèn bienhurous ! grand sen Bincen de Pol ,
Per tu dins nostres còs pourtan toutjour lou dol !
Toun amou nous rappèlo aquès moumens d'aouratchc
Que ta sento prièro a cambiat en nuatche
Que se found en glouts d'or per aques qu'aymes tan ;
Que toun oubratge és bèl , jamay lou pagaran !
Pietat, douço bountat, *mountagno de ressourço* ,
Quand abian set begnan l'escanti dins ta sourço !
Arô s'és estarido et touts sous glouts de mèl
Se soun cambiats en plous qu'arroson un toumbèl ;
Mais tous grands soubenis nous rappèlon enquèro
Lou tablèoû qu'as pintrat aci-bas sù la tèrro :
As beillat sus pitchous , as capelat lou bièl .
Et pel crime as trucat à la porto del Cièl !...

Baoûmc de puretat , saoûbadou de la bito !
Tu que per nous guari quittabes tout de suito
Argen, plase , grandous et lou palay des règs ,
Per ana samena de milès de bienfèys !
D'amb' tous dits pietadous, pu forts que lou couratche ,
May d'un cot as brisat lous fèrs de l'esclabatche ;
Escrasères lou bice , apèy sur nostre froun
Nous sinnères la patz d'ambe la religioun ;
Et tas larmos d'amour escautiron las flàmos

D'aquel negre pecat que burlabo las amos.

Estèlo de bounhur, esclayro cats aci !

Del salut fay-nous beyre oùn es lou boun cami !

De nous–aoûs pren pietat, escouto–nous enquèro ;

Oh ! boulèn coumo tu bioûre ambe la prièro...

Alors un jour sans fi pouyren, à toun coustat,

Bioûre ambe lou boun Dioû touto l'eternitat ! ! !

LA BEOUZO DEL TAILLUR.

LA BEOUZO DEL TAILLUR.

I

Tres ou quatre més aprèt lou maridatche de soun fil, grando misèro dins l'oustal ; — Manquo de trabal al fil et à la nôro dins l'estat de taillur ; — Secours des quaouques sos que la May gagno en filan al roudet.

Tant qu'un noubèl printen s'alucâbo en grandin,
Dus cots ligats pel Cièl, prèt d'un mêmo couffin,
Attendion del bouuhur la mêmo cajoulado :
Parlabon abeni, benission la journado
      Qu'abion tant desirat.
      Pourtant s'abion pensat

Que toutos las mousquetos
Lous abion pas piquats ;
Se s'ayon abisats
Que tout n'es pas festetos
Pes noubèls maridats.....

Abèn d'aques moumens oùn l'idèyo se nèguo .
Tout ço qu'abèn pes dits jetayan pel la sèguo ;
Lous jours se siègon bé, mais nou se semblon pas ,
Tout n'es pas glout de mèl pel paoùret aci-bas ;
Y tròbo may de crouts que n'y tròbo perletos.
    Grand Dioù que pel trabal
    De touts bords , à bèl tal ,
  Fasquères tant de mas adretos,
Daycha-nous bous beni , dision lous maridats,
Quatre ou cinq mes après que furon espousats...
Oh ! cé que lou besoun dejà lous chagrinabo,
Et lou plase lèn d'es à grans pas s'en anabo ;
    Et lou souci poussabo
    Al tour d'es à pugnats.
Jusqu'alors n'abion pas counescut la misèro ;
Mais lou tens neyt et jour, en passan sul la tèrro ,
    Et sans perdre un moumen
    Attengut nous appren.

Appregnon sans se plagne et chez es tout manquabo ;
Èron tres et sur tres gn'abio qu'un que gagnabo :
Aco's èro uno béouzo , uno may , bèlo–may
      Qu'en trabaillan pregâbo ,
      Et disio : « Ç'à Dioû play
De me douna couratche à fini la journado ,
      Lou pè sur moun roudet ,
Remettrèy moun oubratche , et quand sarèy tournado
      Croumparen de panet... »

Et sous dits al counoul , en caressan la brino ,
Fasion creche lou fièl et groussi la boubino.
S'affanabo attengut à soun trin ennoujous ,
Sans embejo souben cantabo de cansous
Per amaysa la peno oùn soun cô s'embrazabo.
      Atal se counsoulabo...

      Per moumens sous èillous ,
      Bious coumo la pensado ,
      Debat lous barguillous
      De la brino alizado
Countabon sul buffet las rayos de carbou
      De cado counouillado ;
      Gn'abio pla , mais pas prou

Per croumpa ço que cal per passa la semmano.
Et la nôro et lou fil dision : « Coumo s'affano !

      Aoura lèou acabat !... »

Fusquèt bray, car dins paou l'oubratche fut pagat ;
Bèn de quitta lou mèstre ; en l'y fan sa courbeto,
Fourro sous quaouques sos dins un tros de poutcheto.
En la beyren dejà l'on couney sur sous pots
Que sous marmottomens bolou dire : — « Paoûrots,
« M'attendès !... abès poou que m'atchen pas pagado !
« Mais sur jou sans parla, quand sarèy arribado,

      « Aoûres lèou debinat. »

      Et d'un pas alloungat

      Que lou besoun chagrino,

      Arribo sul mercat ;

      Un relotche a trucat,

      Et sans counta debino

Qu'es tres houros trot tard per croumpa quaoucoumet...
Mais nou...., gn'a toutjour prou pel l'argen del paoûret !
S'approcho d'uno taoûlo et tres sos de froumatche

      Soun pezats

      Et pagats.

Quand on es malhurous cal abe de couratche :
N'abio... Caillo la beyre al mitan del clumi,

De la plaço chez élo

Debana lou cami ;

Soun pè fazio parla soun coutillou de telo

Tant l'y trigabo d'arriba.

Fay quatre pas de may, court bien pù biste enquèro,

Et quatre pas may grands ban acaba

De la counduire à la carrèro

Oùn diou bira.

Quand lou besoun buttis, nous cal marcha per forço :

Lou pè del malhurous nou cren pas uno entorso.

Anfin es arribado, et coumo bay mounta,

Lou soun des quaouques sos que porto dins sas potchos,

Lou brut accoustumat que fay d'amb' sas galotchos

Fan debina qu'es élo et la beson intra.

Tres cos de jôyo trucon,

Et tres mots se trabucon :

« Paoûrots ! Mamay ! Mamay ! »

(Qu'on tròbo lou ten loun, lèn de qui l'on se play !)

« Nous sèn pensats d'abord que bous fazion attendre,

« Que tant tardabes d'arriba :

« Oh ! la.... passaben mal, car anaben descendre

« Et prene lou cami per bous ana trouba.

« — Paoùro fenno ! oh ! moun Dioù que bous doni de peno !

« Oh ! mais belèou toutjour nou sara pas atal !

« Dunpèy lou tens per jou que bostro ma sameno

« Per bous recoumpensa grandissi bostre mal.

« Pardi lou reprouberbe a pla dit coumo cal :

« *Uno may per lou mens nourriyo dets maynatches*

   « *Tandis que bin maynatches*

  « *Nourriyon pas la may !...*

    « Es pla bray !... »

   En aques mots la may plourâbo

   En fan beyre ço que pourtâbo

     Pel soupa...

  Dioù sat coumbien lous y tardàbo

     D'y gaffa ,

   Car aquel jour junèron

  Pla may loun-tens que nou bourguèron ;

  Mais dins paou tout fusquèt guarit

  Pel mos de panet que minjèron

    Tant d'appetit.

    Talèou finit ,

  Aprèt uno courto prièro ,

  La may prenguèt uno carrièro ,

   Et diguèt aques mots :

II

La may racounto tous malhurs del tens passat.

« Paoùrots ,

« Lou qui bèn de fini sa soixantièmo annado

« Et qu'a pla trabaillat, que souffro et qu'a souffèr ,

« Qui sat coumbien de cots a lassat sa pensado

« A cerca quaouque traoù per se tira del pèr ?....

« Jou sabi ço que n'es ! et me sèy rappelado

« Del ten oùn d'am' toun pay fusquèri maridado,

« A ginoul daban Dioù l'anèl d'or nous liguèt

« Per nous ayma sept ans , et Dioù nous separèt.

« Dunpèy moun jour de dol èy pelucat la bito

« Ambe lou soubeni que jamay nou me quitto.

« Croutz del Cièl, quin tourmen ! y cal abe passat
« Per poude z'ou sabe : gn'a per perdre lou cat....
« Paoûre homme ! paoûre pay que tant bous caressabo !
« A cado houro del jour sa bouco marmoutabo :
« Chosques sajets, éfans, papay bous aymara !...
« Bous dounabo un cot d'èl et de jòyo plouràbo
« Coumo faou jou tabe soulomen d'y pensa :
« Me semblo de lou beyre à couyre ta besteto
« Et s'allounga lou bras per prene ta maneto
« En te diren : — « Pitchou, bezes que te la faou ;
« Coumo saras poulit ! te la mettren ditchaou
« Qu'es lou jour de Sen-Jan !...» Et l'as jamay pourtàdo.

   « Nou....., car dins la journàdo
« Un fret, un mal de cat lou fasquèt mettre al lièy :
« — Magnoun, ça me diguèt, se quaouqu'un m'apelàbo,
« Diras que sèy sourtit..., que dilus y'anirèy... »
« S'èro pas abizat que lou mal lou trabàbo

   « Et qu'anabo toumba
   « Per nou plus se leba.

« Et quaouques jours aprèt la brezaguo *doutado*
« Benguèt se repaoûsa dret sur nostro teoûlado;
« D'un crit escarraougnat mettèt l'oustal en dol,
« Et del paoûre malaoù rebeillèt lou gargol
« Per nou plus loù quitta qu'à l'houro destinàdo;

« Soun cô l'abio sentido ; arribèt à grands pas,

« Truquèt... et dins lou lièy daychèt un corp de glas...

« Lou lendouma mati dus prèstes lou segnèron,

« Et quatre penitans lèn de jou l'empourtèron

« Per toutjour ! un *toutjour !*..... O mort que sans pietat,

      « D'uno ma descarnado,

« Sans aberti digun alloungues d'un patat,

      « Perque m'as pas trucado?. .

« Moun Dioû ! perdouna—me se ma bouco a peccat !...

      « Se me sèy oublidado

      « Bous demandi perdou :

« Nou me bourguères pas, fasioy besoun enquèro ;

« Per mous dus maynatchous me daychères sur tèrro,

      « Oh ! oui, perdou ! perdou ! ! ! »

III

Uno pensado sû l'abent aban d'ana al Ilèy

« Atchi, paoûrots, la pajo de l'histouèro

    « Qu'èy toutjour en memouèro,

     « Sans counta lous tourmens

     « Et lous mechans moumens

    « Qu'èy tant à cregne enquèro.

     « Aco's atal...; que sèr ?

« Quand Dioû nous aymo, nous enbôyo

     « Ço que trouban amèr.

    « Hè bé ! s'abèn souffèr,

« Cal creyre que lassus nadaren dins la jôyo :

     « Oui, lassus dins lou Cièl

     « Oùn digun nou bèn bièl. »

Et d'un sinne de croutz, coumo à la coustumado,
Toumbèron à ginouls cadun de soun coustat.
Atal fusquèt la fi de l'*hurouzo* journado,
Et pas un mot de may ni dit, ni repetat.
La nèy s'agrumelèt et tout dins la crambeto
Negrejèt à len-cot en anounçan la patz.

> A mén de mejo-houreto
> Tout tres furon coutchats.

La soun nou benguèt pas lous prene à batsaccados,

> Coumo fasio dunpèy loun-ten;
> Nou, lous prenguèt hurousomen
> Et lous tirèt de las pensados
> Que donon pessomen.

De touto aquelo nèy nat d'es se fèt entendre.

Al pû santè-mati, quand l'aoubo bèn estendre

> Pertout soun èl luzen,

La may se tourmentabo en cridan : « Gràço ! gràço !...
« Angelets, prégas Dioù qu'aci me fasque plaço :
« Bèni de l'aoutre mounde oùn nous oublidan touts,
« Penudo, mal bestido, et l'y porti las crouts

> « Que pertout èy troubados
> « Et toutjour embrassados... »

En aques mots se rebeillèt
En quittan las beoutats oùn tant se miraillèt.
Paoùrasso !
Quin loun cami qu'abio fèy sans marcha
Oùn lou corp se delasso !...
Begno de beyre et d'approucha
D'aquelo Porto sènto oùn las amos saoùbados
Fan oubri sans truca.
Mais nou n'èro qu'un rèbe et tournèt s'estaca
A las mêmos pensados
Qu'èro lèn de cerca.

Lou trut de l'*Angelus* tindabo
Coumo se preparabo
A S'aliza lous dits pèl fièl
Que tant bien s'exprimabo
A fila fi coumo lou pièl.
Uno minuto aprèt lou roudet brounzinabo
D'un trin noubèl
Tant que lous maridats repaouzabon enquèro.
Ni lou brut del roudet, ni may lou babilla
Que se fazio pel la carrèro
N'abion pouscut lous rebeilla.
Anfin la bièillo à qui tardabo

De racounta,

Fèy per tenta,

Soun rèbe que tant l'occupabo :

« Paoûrots ! lous y cridèt, paoûrots !

« Lou jour en s'alùcan a tiat l'alûco-crambo ;

« Lou fouét del carretè de la Porto-del-Pi

« A fendut l'ayre jusqu'aci ;

« Tout-hàro lou sourel bay raja dins la crambo ;

« Biste, cassas la soun que bous tén sul couchi !

« Bay fa la pû bèlo journado

« Que jamay n'atche fèy.

« Leba-bous que bous countarèy

« Oùn èro ma pensado

« Aquesto nèy. »

IV

Lous maridats s'habillon biste per escouta lou rèbe de la may.

Aquel cot entendèron
Et biste respoundèron :
Tant que nous habillan
Parlas, bous escoutan...
Oùn ères doun?... per beyre.

« — Oùn èri disès.... dins un prat,
« Proche d'un poun en beyre
« Oùn me bezioy des pès al cat.

« Mais bien lèou d'uno batsaccado

« Que recebèt

« S'abalisquèt !

« Et tant biste que la pensado

« Un rioû lou rémplacèt ,

« Apèy de soun aygueto

« Doun lou cristal m'éblouisquèt ,

« Ne sourtit uno hiroundèleto

« Que cantèt la cansou :

« *A moun amou ,*

« *Charmantos pastourèlos*

« *Benès canta sul bord d'aqueste rioû*

« *Del ten noubèl las blancos pimparèlos*

« *Que lou printen a samenat pracioû ;*

« *Sourtès d'oùn bous s'ès abritados ,*

« *Lous ramèlets s'habillon de tout bords ,*

« *Et bostres siètis dins las prados*

« *S'enrichisson de pimpoundors.* »

« Et dios jouynos angèlos ,

« Al pièl rous coulou d'or ,

« Coumo lous astres bèlos ,

« Paresquèron d'abor

« Debat uno clouquo d'estèlos

« Que douçomen

« Sù lur cat se paoûsèron.

« En mèmo ten

« Lous ayres s'alûquèron,

« Et nou las biri plus;

« N'entendèri qu'aques dus mots : *lassus! lassus!*...

« Chosques hurouzos! m'écridèri

« Lou cô mouren...

« Et sul moumen

« Jou brassejèri

« Et m'enboulèri;

« Oh! mès tant bien que d'un clin d'èl

« Trabersèri l'espaço

« Sans èstre lasso

« Et biri la Porto del Cièl

« Que dus bieillars gardabon!...

« Et de legiouns d'anges cantabon

« A ginouillous

« Debat uno nèjo de flous!...

« Èri countento, poudès creyre,

« Surtout quand la Porto s'oubrit

« Et que pousquèri beyre

« Ço que jamay mortèl n'abio bis tant poulit.

« Uno soulo estèlo esclayrabo,

« Tout y bouluguejabo

« Al mot *Alleluia*

« Que per malhur benguèt me rebeillia....

« Batchi la permenado

« Qu'èy fèy

« Aquesto nèy

« D'uno boulado ;

« Nous pourtara bounhur,

« N'en sèy siguro :

« Moun idèyo n'es pas menturo... »

Soun rèbé se troubèt mentur :

Car la Béouzo s'èro aillèiltado

Et de sa darrèro journado

Abio tindat lou darrè trut.....

Pourtant l'oubratche èro bengut ! ! !

.   .   .   .   , ...

.   .   .   .

A sa famillo aginouillado
Marmotto quaouques mots..... a finit de parla.....
Sous èls cesson de perpilla.....
La mort bèn de ségua sa bito martelado!.....
Soun amo mounto al Cièl per n'en plus debala!.....

INPROUNTU

A LA REPRESENTATIOUN DEL 5 MARS 1857 AL THEATRE D'AGEN.

A tant d'aounous ma Muzo espeilloundrado,
    Moussus, n'es pas accoustumado ;
    Escuza-lo se nou sat pas
    Bous remercia quand l'approubas ;
      Mais debat la téoulado
      Oùn passo paoûromen
    Preguara Dioû touto l'annado
    Per aqués que l'an festejado,
    Prâmo que biben pla loun-ten !...

LOU SOLITAIRO

ou

LA MORT D'UNO BERGÈRO A SOUN PRINTEN D'ATCHÉ.

L'Angelus a sounat..., la nèy esten soun bouèlo...,
Lous chans des aouzèlous se pèrdon pel bousquet...,
D'un poulit cièl sans cruns anan beyre l'estèlo,
Et l'Homme de la nèy bay cauta lou couplet :

    « Torno d'oùn t'enboulères ,
    « Nou daychés pas souffri
    « Lou cô que mestrejères !
    « Oh ! torno , ou baoû mouri !... »

Soun chan doulén a trucat la pensado...;
 Sa solitudo nous appren
 Qu'à la bito uno amo escapado
 L'y caouzo penos et tourmen :
 Quittèn lou bousquet et preguen....

. . . .

Parlen plus..., escoutas.. , là-bas uno bouès crido.....

. . . .

« Aci , lèn de bous-aous, per adouci moun sort,
« Prègui touto la nèy per aquel que m'oublido
« Et repaouzi, lou jour, sul souillet de la mort.... »

De soun negre repaoù lou tourmen lou rebèillo,
Sous soupirs doulourous atriston lous ecos ;
Soun pas lan , reflechit, fay criqueja la fèillo,
Un hymno cats al Cièl a rebeillat lou bos.

 Aco lou solitairo ,
 Nous approchen pas d'el ,
 Bol fini sul la tèrro
 Touts sous jours sans sourel...

Preguen! preguen per sa bergèro

Que bin printens claoûfits de flous
Per élo embaoûmèron la tèrro!
Preguen! prèguen per sas amous!!

· · · · · · · · · · · · · · · ·

· · · · · · · · · · · · · · ·

Biste d aci retiran-nous!!!

AL COURATCHÉ FRANÇÉS

DABAN SEBASTOPOL.

Francés, pertout banton bostre couratche
Quand bostre bras fay plega lou gean!
Gloriô à bous–aous! l'Histouèro en soun oubratche
Bèn d'ajusta de noums à Mazagran!...
D'aquelo tour oùn tant bous chagrinabon
Abès franchit lous murs sans recula,
Et lous tres quarts d'aqués que la gardabon
An capurlat per nou plus se leba.

Marchen! marchen! bous cridabes enquèro...
Et talèou dit reprenguères lou bol

Debat lou crun d'uno foudro murtrièro
Que defendio tant bien Sebastopol.
N'empatcho pas que bostre èl l'embejabo
Et qu'abias dit : Nou lou cal et l'aouren !
Et lendouma bostre drapèou floutabo
Sul mur Russièn d'escourrat per loun-ten !

Poupas, poupas al sé la Bittouèro
Oùn s'és nourrit lou Pitchou-Caporal !
Et serbè-bous de sa litssou guerrièro
Per castiga lou couratche brutal ;
N'oublides pas que debat la mitraillo
Cén cots per un satchèt braba la mort...
Fazès coumo él !... et dins cado bataillo
Estrignires la puissenço del Nord ! !

A UN AMIT.

INPROUNTÚ

SUL LAS PROUMENADOS DEL GRABÈ.

Oh! moun Dioù, quin cot d'èl! quin plaze d'estre aci
    Debat aquel feillatche
    Que jetto soun oumbratche
En caressan las gens que permenon praci!
Escouto jargouna l'aouzèlou..., quin ramatche!...
Es trop poulit aco!... Bay pla pés amourous...
Que de bonos, grand Dioù! g'na may que de pitchous!
Flourisson lou gazoun coumo las pimparèlos...;
Brillon coumo la pèrlo!... On crey beyre d'angèlos!...
    Aci tout brillo, aci tout rit :
Bibo nostre Grabè! Nou! rés de may poulit!!

6

AL PRENCIPAL

DE L'ESCOLO EMBÉJADO

AOUTROMEN DIT DEL COULETCHÉ D'AGEN.

Dins la bèlo sazou , pes rots , pes prats , pes cans
Uno Muzo paoûreto et toutjour mal bestido
Cansounejo de bèrs que charmon lous payzans...
Lous y canto souben : « Campagno tant poulido
« Tu , caresses ma jôyo... et la bilo l'oublido!
« Bien lèou te quittarèy per fa mous bèrs pû grans!... »

Lou ten es arribat. Arò, lèn d'es chagrino,
Dins lous endrets sarrats oùn digun la debino ,

Sur de papè fraougnous, pes aoures et pes murs,
Un créyoun per moumens amayzo sous malhuŕs ;
L'a toutjour dins lous dits per marqua sas pensados ;
Las coucoulo quand crey de las abe floûcados ;
Et crido alorş : Bounhur ! oh, ran-mé may hurous !

   Donno al cô que soupiro
   Aquel parla tant dous
   Que la Grandou desiro :
   L'y prepari de flous !

Uno bouès l'y respoun : — Bay-ten d'uno boulado
M'attendre al grand pourtal de l'Escolo embejado ;
Se me retardi trop, trucaras...., t'oubriran
   Talèou que t'entendran.... »

   D'attendre dejà lasso
   Fay dus pas en aban.
Truco... et lous dus battans en carrincan s'alandon :
Prèt d'un fun de sabens de bouès finos y canton.
Élo canto tabé... — Moussu, canto per bous.
  Escouta-lo... Bostros grandos litssous
   A l'Escolo embejado
A bostre noum pla lèn an dounat renoumado,
Et praci dins lous côs an fey lous gratillous,

Fan remuda l'esprit, rebèillon lou couratche ;
Mais tabé tout Agen courouno bostre oubratche
      Et canto satisfèy
De bostre grand sabé lou generous bienfèy !
Aques salouns obscurs tapissats d'iragnados
Atengut, grâço à bous ! s'esclayron de pensados,
Et de touts bords praci bezèn créché à bèl tal
      Lou bèl frut de bostre trabal !...

    Que lou Cièl bolgue doun enquèro
    Que ché nous–aous restés loun–ten !
    Et touts diren d'uno bouès fièro :
    Glorió à nostre Prumè–Regen !
    Tant bou, tant brabé, tant saben ! ! !

Proche del peccadou que te rand soun houmatche
Tant que l'ensegnes à pregua,
Jan, sul bord d'aqueste ribatche
Es l'embouyat de Dioù que dibio te segna.

A SEN JAN-BATISTO

MOUN PATROU.

Oh! qu'es hurous
Lou malhurous
Que pren soun mal ambe patienço!
Que se bresso dins l'esperenço
D'un ten millou!

Sen Jan–Batisto moun patrou
Que mous parens caouziron
Per beilla sur moun sort,
Arresto la faoû de la mort
Que mas penos esquiron
Cado jour, sans repaoû;
Pertout oùn baoû!

Qu'atchi lou tens de mettre mas pensados,
Mièllouzos et floûcados,
Mot à mot en escrioù,
Per pagua lous bienfèys qu'èy reçut del boun Dioû ! !

Oh ! fay tabé que dins l'Histouèro,
En soubeni de ma memouèro,
Aprèt ma mort metten aquel quatrin :

« Lou poèto oublidat bèn de quitta la tèrro
« — Al pitchou trin, —
« Dins lou mantèl de la misèro,
« Coumo lou darrè pelerin ! ! ! »

A MOUSSU DE BIBÈN

DE CLAYRAT.

A SOUN CASTEL, A SA BOUNO AMO, A SAS CARITATS

ET A SAS DOULOUS.

Moussu , bostre castèl qu'un blu d'azur capèlo
Ennarto soun bèl cat debat la grando estèlo
Que cado jour, floûcado à milès de rayouns ,
Dardo de soun èl bioù bostres riches balouns ,
Bostres cans , bostres prats ; et la pimparèleto
Que pousso per bous playre al mitan de l'herbeto
Quillado , semblo dire : Pes balats , pes camis ,
Pimpoundors ! floûquèn-nous pel mèstre del loutchis !...

Aouzèlou gazouillayre al mitan del feillatche ,
Pousso-l'y cats aci quaouque poulit ramatche
Per pagua tout lou souèn que donno al malhurous!
Car praci , cado jour , soulatcho sas doulous...

Et tu tabé , zéphir , de ta douço halenado
Embaoûmo lou bousquet oùn fay sa permenado!...
Moun Dioû , protéja-lou!... Clayrat a bezoun d'él
Coumo touto la tèrro a bezoun del sourél !!

UN MIRACLE PER AN.

Escoutas lou ramatche
Des tendres aouzelous
Rebeilla lou bouscatche
Per lur chan amourous.....
Et pastourèlos et pastous
Dejà canton per playre
De romanços et de cansous
Que se pèrdon dins l'ayre,
Quand lou sourel à flots daourats
Bèn enluzi lous prats.

La pèrlo de l'aygueto
Al pù santè-mati

Refresquira l'herbeto
Et la fara floûri !
Tout, fatigat de tant souffri, ·
Al Cièl fara courbeto
Et tournara se rejoui
Ambé la cansouneto.
Printen, debat lou grand coubèr
T'attendèn bras oubèr !

Tout bay cambia de mino,
Sentèn l'ayre may caoù ;
L'aygo pel riou bèn fino ,
Tout bèn bèl paoù per paoù.
Lebas lou cat tout-à-fait haoù ,
Remercias la naturo :
Tout per nous playre fay lou saoù
Et pren richo paruro.
Oubrès lous èls, mirailla-bous,
Lou Tén fay lous èls dous !

La sègo parfumado
Enbôyo sas aoudous
Et la bèlo serado
Torno pes amourous.

Lou paoûret rit , se crey hurous.
Lou frut amay la fèillo
A tros s'escapon des broutous :
Tout pertout se rebèillo ,
Jouynos filletos et gouyats ,
Lous bès jours soun tournats !

L'éco de la mountagno
S'ennarto en repetan :
Grand Dioù , pé la campagno
Un miracle per an !
Rebèillo-te , balen paysan !
Ço qu'as plantat berdejo ;
Tout , en créchen , pren soun élan
Et sans brut s'agarrejo.
Anèy , pertout, ço que languis
Se cambio en paradis ! ! !

A LA BILO DE CAHORS.

Cahors, ché tu bèni canta
L'amou de ta bèlo campagno,
Et dam' plazé me festeja
Al pè de ta bièillo mountagno;
A l'ayre fresquet, dous et pur
Lou bord del Lot rizen berdejo :
Tout bèn t'announça lou bounhur,
L'aouzèlou dejà z'ou pioûlejo.

La flou que nay dins toun baloun
Marido soun parfun dam' l'ayre
A l'aounou del grand Fénéloun

Que tant loun-ten satchèt te playre.
Dunpèy la mort d'aquel Prélat,
Soun noum bioù toutjour dins l'histouèro;
Et tu, Quarcy, l'y as élebat
Uno colonno à sa memouèro!...

Aci, dus hommés t'an dachat
La part d'uno palmo immortèlo :
Aco's Bessièros et Murat,
Atcho-n'én souèn, car es bien bèlo;
Aques guerriès tout dus souben,
Debat de cruns fèys pel la poudro,
An brabat la rigou del ten
Et del canou lou cot de foudro!

De sur toun Cours lous beyras lèou
Pincats sur ta bèlo façado
En marbré blan coumo la nèou!
Oh! per tu quino renoumado!...
L'estrangè bay dire en passant :
S'aques d'atchi bibion enquèro,
Per nostres frays que souffron tant
Prestayou lur armo guerrièro!!

LA CROUT D'AOUNOU

DINS LA BILO D'ACEN.

1845.

Belèon jamay n'an bis critiquo de la sorto :
De la Plaço al Grabè, sans manqua nado porto,
Fan que s'entreteni de l'Hommé generous
Que trabâillo toutjour pel paoûre malhurous.
Y a pas, crezi, d'endret dins touto la Gascougno
Que n'atche recitat sa poulido bezougno.
Chez él, pas d'interèt! tout lou mounde z'ou sat :
Fay tout per fa lou bé, per fa la caritat...
Hè-bé! que l'y boulès, babars à lengo fino?
Crezès qu'aquelo crout qu'ennoblis sa poutrino
Nou la merito pas?.... Qu'en pensas?..... Francomen

7

Jou dizi que lou Rèy, juste et plé de boun sen,
N'aouyo pas sans razou decorat lou Poèto !...
Embecillés, babars, countas qu'aco se jètto ?...
Nou, nou, se jètto pas !... Pensas diffèromen,
S'ès jalous...., et perqué ?... Cado fat a soun sen.
Sabès que dins lou ten abès boulgut abattre
Lou patouès del païs, la lengo d'Hanry-Quatre ;

      Mais él la rebeillèt

      Et praci coumencèt :

« Sus bords fertilizats oùn coulo la Garono
« Tout lou mounde couney *Charmèl* et la *Birono.* »

. . . .

Aco's dus ou tres mots de sous *Chalibaris.*
Dunpèy dins lous cazals lou *jansemin* flouris,
Et, dins touts lous salouns, de sas flous argentados
Respiran dam' plazé las aoudous parfumados ;
Dam' sous bèrs *enluzits* nous rejouis lou cô ;
En lous lejin dizèn : Oh ! qu'es poulit aco !
Moun Dioù qu'aco's bien fèy, que la rimo es adreto !
Quin plazé de leji sa *Maltro* et *Françouneto* !

      On es enthouziasmats,

      On es électrizats.

On soupiro, on s'escouto, on se parlo à soi-mêmo,
Lou ploûra bous estouffo et souben sul poèmo
Uno larmo de l'èl que burlo lou pépél
Semblo dire en toumban : Es lou soul, nou y a qu'él
        Qu'atche de soun estèlo,
Luzento de rayouns, més flammo à sa candèlo! ! !

Hè–bé! d'aquelo luts bous troubas esclayrats....
Ou sabès-bé pourtant, amay s'ès estounats.
Dam' bostres : *Ah moun Diou!* bérénous de critiquo
Semblo qu'anèy boulès, al mièy de sa boutiquo
        L'emprizouna!
        L'encadena! ! !

Oh! celèbre coiffur! la crout t'és bien dibudo!
As saoubat pel païs uno lengo perdudo,
Y as ajustat l'*estyl*, la graço amay lou frés ;
Sans tu : Malhur! malhur! parlayan touts francés! ! !

Nou se rappèlon plus qu'un jour de toun jouyne atché :
« Un esclayre daourat al mièy d'un blan nuatché
« Sur toun brès trantoulat se paouzèt douçomen,
« Et que disparesquèt dins toun pièlou luzen... »
        Per tu quino bèlo serado!

Tout d'un cot dins toun pitchou cat
Fusquèt bastit lou nioû de la pensado
Sû l'amoû de la Caritat...

Uno minuto aprèt qu'aquel poulit nuatche
Begno de caressa toun inoucent bisatche,
Uno grosso iragnado abio dejà pel mur,
Sur un fièl pourticado, anounçat toun bounhur !

Mais tabé s'ès lou ségnou del bilatche,
Quand n'y s'ès pas, tout y languis;
Cadun aci, dins toun lengatche,
Fredouno al tour de toun loutchis.
Per broda la lengo gascouno
Què tout lou mounde prouno,
S'ès lou prumè qu'an bis !...
Agen surtout, Agen t'aymo bien ! te chéris ! ! !

SIÈS BÈRS

AS QUÉ ME LEGIRAN.

Amits, perdouna-mé sé pintri tant souben
    Prados, ramèls, aouzelous et printen.
Que boulès!... Sèy lou Fil gastat de la Naturo :
L'aymi tant!... A mous èls és tant bouno, és tant puro,
       Qu'anèy, douma
Per élo me beyrés lou pincèl à la ma.

L'HIBÈR CHAGRIN.

Cantas doun, charmantos maynados,
Baci lou retour del printen ;
Anas saoùtilla dins las prados :
Courrès, lou plazé bous atten !

Lou pitchou zephir que fioùlejo
Tendromen bèn bous caressa ,
L'aouzelou counten se festejo
Pes camis oùn dibès passa.

Dejà l'Amour dins lou parterro
D'un pè laoujè, sul bér gazoun ,
Bay cuilli la flou printanièro
Que diou mignarda bostre froun.

De bostro toiletto embaoûmado
Touts, un per un, saren jalous;
Cadun dounara sa guignado
En bous embejan de poutous.

Per bous-aoùs tout, dins la naturo,
Coumenço à préné lou balan;
L'hibèr, plegat dins sa fourruro,
L'èl mouillat, bous quitto en cridan :

Cantas doun, charmantos maynados,
Beni de fa plaço al printen :
Anas saoûtilla dins las prados !
Courrès ! lou plazé bous atten !...

INPROUNTU

AL SUTGHÈT DE LA COUROUNO QUÉ ME JETTÈRON

SUL THEATRE D'AGEN, LOU 19 MARS 1857.

Habitans de la bilo aymado,
En aquesto serado
Oùn èy cantat las prados et las flous,
Et toutos las grandous
Del Cièl et de la tèrro,
Sans bous douna lou mot
Del paradis jusqu'al partèrro
M'abès applaudit touts al côt....
Oh ! mais tabé dirèy, plé d'un noubèl couratché :
Lous Agénés, en amayzan moun sor,
Escarton las roumèts de moun pelerinatché !
Anèy courounon moun oubratché
Et jou remerci lur cô d'or !...

MA MUSO AL PARPAILLOL.

MESSATCHÉ AL RÈY DES BÈRS GASCOUS.

Coumbièn de cots, Muzo oublidado,
Ta pensado
A prés lou bol
De cats al rot, cats à la prado,
Doulento en jettan ta guignado
Al parpaillol
Que sù la flou se cajoúlabo
Bèl amourous

De sas aoudous ,

Oùn sa troumpo poumpabo

Un mèl tant dous !...

As embejat souben soun aleto laougèro

Et lou sor que lou Cièl l'y donno sù la tèrro

Sans pèssomen

Cado printen !

Crido-l'y : Bolo ! bolo al cat de mas pensados

Chel *Rèy* des bèrs patouès oùn soun tant rebifados ,

Pourta moun noum !

Bay ! Bay ! parpailloulet , cargo-te del messatché :

Se lou bol pas sabe , jou boli que lou satché.

Et se respoun ,

De la lengo patouèzo

Qu'a saoûbat d'estre gnièzo ,

Escrioûrèy lou triple quatrin :

Muzo al baoûmc del jansemin ,

Muzo à la cinturo daourado ,

Muzo à la grando renoumado ,

Muzo que mesprèzo l'argen ,

Muzo nascudo dins Agen ,

Appren-me, si te play , aquel poulit lengatché

Que bas canta chez rèys ambé tant de couratché :

Digo–me doun se *got* bol dire *goubelet*,

Ou s'as cambiat lou noum arò que n'as plus sét?

Se frizes lou patouès coumo un jouyne maynatché

    Ou se l'y fas pourta toupet?...

    Attendi lou messatché

    De moun parpailloulet.....

DINS UN PRAT

A LA PIMPARÈLO DEL MÉS DE MAY.

Bèlo pimpareleto,
Tu que canti souben,
Torno dins la pradeto
M'anounça lou printen!
Aymi ta flou blanqueto
Et toun boutou daourat
Et ta raoubo fresqueto
Que lou Cièl t'a brodat!...

LOU RACOUTCHET

ET LOU CANERI.

⬥

Perqué doun lou boun Dioù m'a fèy tant pitchounet?
      Dizio lou Racoutchet
    Sur uno sègo oùn ratounabo
    A cerca de que se nourri,
    Tant que prèt d'él un Caneri
    D'un ayré affiscaillat cantabo :
    « Tout bay grana, tout bay flouri... »
Oh ! mais tant bien que touts lous qui passabon
      S'arrestabon
      Per l'escouta
En se diren : Que canto pla !

Lou Caneri flattat d'entendre aquel lengatché,

Tout coumo aquel aouzèl que tegno lou froumatché

En faço del renard que satchèt l'enbouyma,

De jôyo oubrio lou bèc sans daycha rés toumba ;

    Al countrari..., qu'apiloutabo

Per embelli la gabio oùn tant se tourmentabo

      Quand coumencèt de gazouilla

      Aquelo lengo aymado

      Chez él toutjour frizado

        Tant propromen... ;

      Pertout oùn l'a cantado

      A fèy plèoure d'argen !...

      Tabé l'y fan bèlo rascouaillo

      De ço que d'aoutres passon mal.....

Lou Racoutchet que n'a que lou paou que l'y cal,

    — Jamay digun l'y baillo ! —

Un jour que lou gouziè l'y pruzio de talen,

D'un bol, à saoutiquèt, tant lèste que balen,

      Chél noble Aouzèl électrizayre

      Anguèt desplegua sa doulou :

      — Atcho pietat de jou !...

      Ensegno-mé quaouque ayre,

Per qu'un jour, coumo à tu, m'embèquen de boubou?.

    — Te coumpreni, fi brezillayré,

Sans que mèites lou pun sus is!

Mardi, finis !...

Piôto dins toun langatché

Et nou t'abizes pas

De tourna sur mous pas !...

D'aillur, és qu'as un bèc à canta moun ramatché?

Cardi, berdet, ninot, aouriol,

Pinsan, calandro, roussignol,

N'an agut l'abantatché

De canta coumo jou..... Penso doun s'apprendros?...

— Belèou, ça dit lou courtizayré,

Que s'abioy, coumo tu, quaouqué oblijan coumpayré,

Un bèl jour m'entendros.

Bay! bay, n'as pas appres ço que sabes pés bos !...

De creyre aco sèy pas tâ bètto :

Crezes qu'èy oublidat

Qu'un bezi t'a jougat

Pla souben de la serinètto?...

. . . .

. . . .

— N'as mentit, affrountat !

Aco's ma scienço argoutado

Que ma fèy

Ço que sèy ;

Es bray que l'èy pla permenado !...
Mais tabé s'és gagnado
La péro pé la set,
　　Pitchounet !
Sans counta qu'un jour ma memouèro
Sara grabado dins l'histouèro
　　En lettros d'or !...

·　·　·　·　·　·　·　·　·　·　·　·　·　·　·　·

　　Que m'en dizes ?...
　　— Qu'as belèou tor
　　Se t'y fizes !...
Sabes que lou proubèrbe dit :
« Qui bol tout n'a qu'un lèco-dit ! »
　　Atchi moun ayré,
　　Roussignoulayré ! ! !

Lou qui s'ennarto trop, per tant que chosque adret,
　　Tôt ou tard fay lou capurlet ! ! !

HOUÈY BÈRS

A UN CRITICAYRE DE MA POEZIO.

Eh–bé ! qu'aco me fay !
Pot bé dire ço que l'y play !
D'aillur cregni pas sa critiquo :
Sabès coumo l'on dit : Lou qui piquo se piquo.

Tout s'appren ambe l'atché ,
Tout part ambé lou ten ;
Jou rimailli dins moun Oubratché
Sans boulé passa per saben...

MA MUSO INTERROUMPUDO

SUL BOR DEL CANAL.

L'aoutre jour, sul cami que bay à Bilonèbo,
Imbentabi de bèrs sul bèl jour des Ramèous;
Fazioy faço al darrè de la bastisso nèbo
Oùn dibon atuca las bacos et lous bèous;
Abioy fèyt un quatrin; boun donni counechenço :

« Lèoù de ramèls floùcats, pourtats per l'inounenço
« Al loutchis del Grand-Rey, que touts l'y dibèn tout,
« Nous bendran rappela la terriblo souffrenço
« Que fasquèt per d'ingrats en mouriu sû la crout. »

D'un aoutre un paouquet may attrapabi lou bout,

Al moumen qu'un pescayre, en manquan uno brigno,

Me fay saoûta pés pots lou bèrmé de sa ligno !...

— Amit, diguèri—jou, lou bèrmé enclabelat

    Que plounjes dins l'aygueto

Atten en bien souffrin lou pey mal abizat

Qu'atrapo en s'atrapan oùn l'aoutre es engaougnat !

        Jou debat ma casqueto

        Ey un *bèr-mè* sarrat

        Que de manièro adreto

        Te bas beyre applicat :

« Oui ! cal èstre gourman d'uno bouno manièro !

« Per un pey tant pitchou se planta l'houro entièro ! »

Aco's un poulit *bèr-mè* n'es pas de balat.

        Se troubèt tant mouquat,

        Mais tant ! z'ou gaouzi dire,

Que lou prumè bengut sayo toumbat de rire.

Jou, de poou que prenguesse aco's per de countan,

Marmoutèri dus mots d'uno cansou comiquo.

— Canto, ça me diguèt, la de *la barbo*....... — Piquo !

Cridèri—jou..., for..., tiro !... Et lèbo un gros tregan.

Oh ! per lors troubèt bien ço qu'abioy dit aban.

— Diouyos (me repliquèt), aban dabé may d'atché,
Entreprené de fa quaouque poulit Oubratché :
Nou cantes plus Ramoun, Bachus ni Carnabal :
Canto nostro campagno et lous bors del Canal ! !

Imbccillé ! èy siegut lou counsel del pescayre :
Car me semblo qu'èy fèyt un libre sans bernis !
Hurous ! cent cots hurous ! se tant si pù pot playre
 Al souscriptur que me legis ! !

LA BÈLO DE LAS BÈLOS.

Nous chosqués pas jalouzo,
Sayos malhurouzo,
T'aymi tendromen,
Del proufoun de moun amo
Possèdes ma flâmo :
Calmo toun tourmen !

Jamay n'an bis mâ tant blanqueto,
Jamay n'an bis tant poulit pièl,
Fino taillo, rozo bouqueto,
Ni d'èillous tant blus que lou cièl.
Dam' ta raoubeto satinado,
Toun espincèr de belour gris,
Ta bèlo cinturo daourado,
S'ès un ange del Paradis.

Quand lou sourel pousso l'aoubeto
A milès de rayouns daourats,
Te prepares dins ta crambeto
A m'allùca de tas beoutats.
S'ès pù bèlo que la naturo,
S'ès lou modèlo de l'Amour,
Et la mendro d'uno paruro
Te rand may bèlo qu'un bèl jour !

Per tu crentibo Philomèlo
Canto sous ayres amourous ;
Per tu gazouillo l'hiroundèlo
Et piou-piou fan lous aouzelous ;
Zephir de sa douço halenado
S'empresso de te caressa,
Per tu l'herbeto de la prado
Se flôco quand dibes passa !

LOU BEL TEN BAY TOURNA.

Bien lèou ban poussa las flous,
Lou blat amay lous bourrous.
Mario,
Ma mio,
Èy dejà lou cô counten
De beyre aquel ten.

Lou roussignol bay canta,
Aniren touts l'escouta;
Mario,
Ma mio,

Cantara per soun retour
Un ayre d'amour.

Lous pinsans et lous ninots
Fan dejà guèrro as barbots;
Mario,
Ma mio,
Ah ! moun Dioû qu'aco's poulit
Quand tout és flourit.

L'hèrbo del prat bay poussa,
Entendren lou gril canta;
Mario,
Ma mio,
L'aygo clareto del rioû
Anounço l'estioû.

Lous rots amay lous balouns
Se ban coubri de gazouns;
Mario,
Ma mio,
Tout..., lou quitté sénissou
Dounara d'aoudou.

Touts lous jouynes amourous
Cantaran per lurs amous;
Mario,
Ma mio,
Debat aquel Cièl d'azur
Goustèn lou bounhur...

LOU BI ET L'AYGUO.

Un jour lou Bi, pel traou d'un barricot,
Besquèt l'ayguo s'escampa d'un bièl rot,
Et que troutabo al dessime galot
Per ana droumi dins la prado.
— Oùn bas atal, ça l'y diguèt lou Bi,
Feblo mortèlo que fas tant souffri?
Per toun bounhur nou passés plus praci
Ou t'estouffi d'uno halenado.

L'Ayguo fatchado respoun et l'y dit :
— Oh! que s'ès sot per abé tant d'esprit!
Pourtant sans jou toun boy sayo roustit
Et bien-lèou finiyo ta raço !

9

Ey toutjour fèy las caouzos coumo cal :
Tu n'as jamey satchut fa que lou mal,
Nou y a pas jour que d'oustal en oustal
N'angues caouza quaouquo disgraço.

— N'ignores pas que pertout faou bezoun,
Que nou faou mal qu'al gourman, al gloutoun,
Qu'èy grando et bouno réputatioun,
Que pertout me prèchon, me canton !...
Atal per jou, de païs en païs,
Del cabanou jusqu'al riche loutchis,
Al prumè ren, al mièy de mets esquis,
Me cajoulejon et me plaçon...

— Oh ! se bouilloy coumo tu m'encanta,
Milo cots may que tu, sans me banta,
Pòdi prouba qu'à tout presti la ma,
Et que del Cièl sèy l'embouyado
Fino et claretto coumo lou rubi.
De touts coustats aydi tout à flouri;
De ma pèrlo l'aoubeto, lou mati,
Decoro la flou de la prado.

— Jou, dins lou cò de tout un puple entiè,
Per ma balou baoû planta lou laourè;
Mais dibi tout à moun grand-pay Noè :
Es él qu'a fèy ma renoumado;
Fut lou prumè que me poutoûnejèt,
Et tout jouyous cats al Cièl m'ennartèt!
Esprès soun adreto ma me plantèt
Per rebeilla l'amo negado!!

A UNO DAMO D'AGEN

A QUI RECITABI, DINS UN CAZAL, LA BEOUZO DEL TAILLUR.

———◦◦◦◦✕◦◦◦◦———

Sur un poulit ramèl uno rozo abibado,
  A las richos coulous,
  Pel zephir trantoulado,
  Marıdabo sas aoudous
  Al chant de mous bèrs gascous.
  Que tant bien escoutabes
  Et que souben bantabes!...
  Oh! coumo prèt de bous
  Me sèy troubat hurous,

Coumo moun cô trucabo !

Oh ! coumo dins moun èl la jôyo petillabo,

Quand bezioy que lou bostre escapabo de plous

A la doulento histouèro

D'aquelo paoûro may qu'en passan sû la tèrro

Nou troubèt sur sous pas que de brots et de crouts!..…

Oh! coumo bous, se touts

S'arrestabon sû la prièro,

Soulatchayon lou cô que souffro de misèro,

Aleoujiyon soun mal !…

Mais boutchon pas de plaço…

Pourtan per se saouba sabon-bé que z'ou cal,

D'aci-bas coumo jou sabon ço que se passo :

Aquello sourço d'or oùn lous dits se mignounon

S'estarira !

Aquello bèlo sédo oùn debat se poumpounon

S'abalira !…

Tout, à soun tour, bri per bri cesso d'èstre,

Tout torno dins la tèrro à l'ordre del Grand-Mèstre,

Et lous tres-quarts et mièy d'aques nou cregnon rés !…

Cregniran quand la mort bendra truca chez és !…

Et nou sara plus ten… — Mais bous, ma bouno damo,

Que crezès

Et cregnès

Pel salut de bostro âmo,
Troubares dins lou Cièl lou ramèl de las flous
Qu'abès gagnat en passan sû la tèrro
A soûlatcha lous malhurous! !...

LOU PARRAT

ET

LOU FISSAILLOU.

DISPUTO ET JUTCHOMEN

DEL TEN QUE LOUS AOUZÈLS PARLABON,

RACOUNTAT PER MARTI.

— Bous baou doun counta ço qu'èy bis,
Sans dire de mentidos :
L'aoutre jour biri dus Taris
Fa la casso à las Tridos ;
N'attrapabon tant, sans menti,
La faridoundèno, la faridoundi,
Que n'abion pabat lou cami,
      Charnedi !
Que se sayon bistos d'aci,
      Fouè de Marti !

Pu lèn besquèri sur un tat
Un Parrat que saouclabo,
Un Fissaillou lou cat lebat
En riren l'approuchabo,
Et sans lou perqué ni perqui,
La faridoundèno, la faridoundi,
Part d'un soufflet sans l'aberti,
     Charnedi!
En l'y diren sorté d'aci,
     Sacorodi!

Lou Parrat m'apercèt de lèn
Et de suito me crido :
Moussu, bous preni per temouèn,
Ey l'aoureillo estourdido ;
Oh! mais saourèy per la sandi,
La faridoundèno, la faridoundi,
Daban lou tribunal d'aci,
     Charnedi!
S'èy lou dret de lou fa puni,
     Sacorodi!

Mais tant que parlabo dam' jou
Bèn uno Capelado.

Touto rajento de suzou ,
La raoubo retroussado ,
En diren sèy bengudo aci ,
La faridoundèno , la faridoundi ,
Espressomen per bous serbi ,
     Charnedi !
De temouèn , amay sans menti ,
     Sacorodi !

Coumo finissio de parla ,
Uno Aouqueto pribado
Nous approuchèt en fan coua-coua
Dam' uno alo alandado ,
En nous diren : Saquéristi ,
La faridoundèno , la faridoundi ,
On nou pot beyre sans fremi ,
     Charnedi !
Truca de la manièro ainsi ,
     Sacorodi !

Tant que countabon soun caquet
Bezon arriba en faço ,
Lou Pinsan amay lou Berdet
Et madamo Becasso ,

Tout aco dins un tylburi,
La faridoundèno, la faridoundi,
Que begnon per lou secouri,
  Charnedi !
Mais lou trin begno de fini,
  Sacorodi !

Oh ! mais per bounhur Racoutchet
Mèstre gardo-champêtro,
Lou bras ornat d'un bracelet
Que l'y serbio de guètro,
Damb' un créyoun escriou pla fi,
La faridoundèno, la faridoundi,
Proucès-berbal es fèy aci,
  Charnedi !
Sarés citats douma mati,
  Sacorodi !

Coumo anaben nous retira,
Moussu Cardi, gendarmo,
L'ajusto en cridan : Alte-là
Et fay razouna l'armo.
Abio tout bis per la sandi,
La faridoundèno, la faridoundi.

' L'arresto et l'y dit : Bièl couqui ,
        Charnedi !
Nou t'escaparas pas d'aci ,
        Sacorodi !

Touts fan entendre : Abès razou ,
Et cot-sét se retiron.
Mènon lou coupable en prizou
Lou lendouma l'aougiron.
Et dus més aprèt, sans menti ,
La faridoundèno, la faridoundi ,
Citon lous temouès à beni ,
        Charnedi !
Pel bint de may de grand mati ,
        Sacorodi !

Anfin lou ten es arribat,
Tuquet (jaouilliè) desclabo.
Bezon pareché l'accuzat
Pâle coumo uno rabo.
On enten crida : Lou baci !
La faridoundèno, la faridoundi ;
S'assèt et dit à soun bézi ,
        Charnedi !

Moun Dioû , que baou--jou debeni ?
        Sacorodi !

Alors Perroquèt (preziden)
Ennarto la paraoulo,
Coumando pel coumençomen ,
Moussu l'hussiè l'Agraoulo
D'appela lou temouèn Marti,
La faridoundèno , la faridoundi.
Lou crido et lou bezon beni ,
        Charnedi !
En juran de nou pas menti ,
        Sacorodi !

Depaouzo en dirèn : Tout per jou ,
Tant que Parrat saouclabo ,
Biri l'accuzat Fissaillou
Que de truts l'assoumabo.
Coumo anabi lou garanti ,
La faridoundèno , la faridoundi ,
D'un saoù enguillèt lou cami ,
        Charnedi !
En me tratan de bièl couqui ,
        Fouè de Marti !

— Bien dit ! bien dit ! aco parfèt :
La caouzo es bien dictado.
— Hussiè, quin temouèn bèn aprèt?
— Aco la Capelado.
— Digua-l'y biste de beni,
La faridoundèno, la faridoundi.
Parey tant que dizon aci,

   Charnedi !
— Parlas sans crento et sans menti,

   Sacorodi !

— Un jour de mars que fazio fret,
Pel la sèguo sans fèillo
Droumioy quand lou pet d'un gros fouet
Tout d'un cot me rebèillo :
Ero un soufflet, saquéresti !
La faridoundèno, la faridoundi,
Que l'accuzat qu'abès atchi,

   Charnedi !
Abio litut à soun bezi,

   Sacorodi !

— S'abès tout dit, retira-bous.
Hussiè, cridas l'Aouqueto.

— Moussu, l'abès proche de bous.

— Sétè-bous, pitchouneto :

Lebas la ma, juras aci,

La faridoundèno, la faridoundi,

De dire tout et sans menti,

      Charnedi !

Bira-bous de cats al Jury,

      Sacorodi !

— Coumo arribabi del mercat,

Fissaillou me bèn dire :

Douma, talèou sourel lebat,

Te boli bien fa rire :

Qu'al que Parrat, nostre bézi,

La faridoundèno, la faridoundi,

Dejûné damb' jou de mati,

      Charnedi !

D'un boun soufflet que bay senti,

      Sacorodi !

— Assèz. Hussiò, fazès beni

Pinsan, Berdet, Becasso,

Lous qu'èrou dins lou tylburi,

Fazès-lous y fa plaço.

— Preziden, soun touts tres aci,
La faridoundèno, la faridoundi.
— Fort bien. Diguas tout sans menti,
      Charnedi!
Aoutromen bous fayoy puni,
      Sacorodi!

— Moussu, begnan de permena
De la bordo communo,
Quand tout d'un cot un trut de ma
Part damb' lou mot : *dejûno!*
Oh! mais petèt tant, sans menti,
La faridoundèno, la faridoundi,
Que y'anguèren en tylburi,
      Charnedi!
Mais lou trin begno de fini,
      Sacorodi!

— Hussiè, tant qu'anan respira
Oubrè-nous la finèstro
Et digua-nous qui diou parla?
— Es lou gardo-campèstro.
Anas l'y dire de beni,
La faridoundèno, la faridoundi.

Despatcha-bous, n'en cal fini,
      Charnedi!
Aoutromen coutchayan aci,
      Sacorodi!

— Moussu, l'abès atchi que bèn.
— Fort bien. Fazès-lou sètre.
Es doun bous que s'ès lou gardien
Del bos de Sén-Sylbestre?
— Oui, Moussu, preste à bous serbi,
La faridoundèno, la faridoundi.
— Eh bé! diguas tout sans menti,
      Charnedi!
Car fazès grand bezoun aci,
      Sacorodi!

— Tant qu'èri setut sur un pin
Parrat fasquèt entendre :
« A moun secour! A l'assassin! »
Y courri lou defendre;
Et de suito, sans reflechi,
La faridoundèno, la faridoundi,
Faou lou berbal qu'abès aci,
      Charnedi!

En citan bezi per bezi ,
    Sacorodi !

— Fort bien. Hussiè, qui diou parla ?
— Aco's soun camarado.
— Ana-boun biste lou cerca.
— L'abès proche l'estrado.
— Moussu gendarmo lou Cardi ,
La faridoundèno , la faridoundi ,
Approucha -bous biste d'aci ,
    Charnedi !
Et parlas fort cats al Jury ,
    Sacorodi !

— Coumo accoursabi l'Agassat
Et sa fenno l'Agasso ,
Lous dus boulurs qu'abion panat
Chez madamo Margasso ,
Bezi l'accuzat qu'es atchi ,
La faridoundèno , la faridounndi ,
Que maltratabo soun bézi ,
    Charnedi !
Et l'arresti sans l'aberti ,
    Sacorodi !

— Hussiè, qui diou may depaouza.

— Nat, à ma counechenso.

— Alors es al Mèrlé à dintra

Dins souu dret de defenso.

— Preziden, baou bous obéi,

La faridoundèno, la faridoundi,

Lou qui defendi, sans rougi,

      Charnedi !

Es toutjour estat boun bézi,

      Sacorodi !

Dizi doun qu'un jour Fissaillou

Pés brots se permenabo.

Parrat l'appelèt poulissou

Et fil de bièillo Crabo,

De soutizos à n'en fremi,

La faridoundèno, la faridoundi ;

Anfin, moussu, per n'en fini,

      Charnedi !

Tout bous défend de lou puni,

      Sacorodi !

— Moussu lou procurur lou Gay,

Douna-nous counechenso

De tout ço qu'an dit, amay-may
Dins aquesto séenço.
— Hè-bé! moussu, dizi qu'aci,
La faridoundèno, la faridoundi,
Touts l'an coundannat, sans menti,
          Charnedi!
Pas de piétat! lou cal puni!
          Sacorodi!

— En qualitat de prezideu,
Seloun touto ma scienço,
Jurès, dibès honestomen
Jutcha d'ambé counscienço.
Dintras en crambo et pensas-y,
La faridoundèno, la faridoundi,
Que bous-aous souls anas aci,
          Charnedi!
A tout acô mettre uno fi,
          Sacorodi!

Alors siès Canars et siès Piots
S'en bau per dios minutos.
Se dizon tres ou quatre mots
Et s'entornon à futos.

Un soul parlo al noum del Jury ,
La faridoundèno , la faridoundi :
— Ma counscienço me dit aci ,
   Charnedi !
La prumèro questioun es : oui !
   Sacorodi !

Alors Perroquet , preziden ,
Se lèbo en fan entendre :
« — Aci lou Codo nous appren
« Que dibèn lou fa pendre.
« Accuzat , bous cadra mouri ,
« La faridoundèno , la faridoundi :
« Abès uno houro à réflechi ,
   « Charnedi !
« Apèy bous faren escouti ,
   « Sacorodi ! »

L'houro se passo et lou Falquet
Bèn querré lou coupable ;
Arribo proché del gibet
Apèy l'y passo un câble
Al tour del col sans l'aberti ,
La faridoundèno , la faridoundi ;

Estiro et l'y fay fa *qui-qui*,
Charnedi !
Et cot–sét lou bézon mouri ,
Sacorodi !

———⚬⚬⚬⚛⟫⟪⚛⚬⚬⚬———

COUMPLÈNTO DEL FISSAILLOU.

Approuchas , benès entendre,
Quatré mots d'un scélérat
Que brigaillèt un Parrat.
Mais tabé lou ban fa pendre.
Se quaouqu'un bol l'obligea
Que bèngué lou remplaça.

Bezi que digun se presso.
Hè–bé , me cal doun mouri !
Moun Dioû ! quino tristo fi
Que me caouzo moun adresso !
Anèy tout finis per jou !
Adiou , paoûre Fissaillou ! !

———⚬⚬⚬⚛⟫⚛⟪⚛⚬⚬⚬———

LA BERGÈRO CHAGRINO.

Dins un baloun claoûfit de flous
    Uno jouyno bergèro
Cantabo eŋ gardan sous moutous
    La cansou printanièro :
« Rozo d'amou , ennarto tas aoudous ,
« Baci lou ten des amourous ! »

Lou Roussignol en saoutillan
    De brenqueto en brenqueto ,
Escoutabo l'ayre charman
    De la jouyno filletto ;
Apèy d'un chan que fay truca lou cô
    A plén gouziè l'y respoundio.

La bergèro l'escouto et dit :
Roussignol del bouscatche,
Toun chan me play, oh! qu'és poulit !
Al mièy d'aquel feillatche
Tu s'ès lou Rèy des pitchous aouzelous
Et lou courriè des amourous !

Coumo tu se poudioy canta
Et d'un bol fendre l'ayre,
Proché de l'ourme oùn baou ploura
Biste aniyoy per playre
A l'infidèl qu'a troumpat mas amous
Canta toun chan tendre et jôyous.

Soun bergè qu'a tout entendut
Pren piétat d'élo et crido :
Lou qui crezios d'abé perdut
Lèou dam' tu se marido.
As bien souffer! té z'èy caouzat es bray
Mais t'aymarèy may que jamay !

A peno houèy jours soun passats
Qu'uno bèlo serado,

Per prebeni lous coumbiats
Ban jeta la jouncado,
Et dus en dus canton sul grand cami :
« La Nobio sor douma mati ! ! »

LA ROZO ET LA PIMPARÈLO.

Dins un poulit cazal tout estelat de flous,
        Uno Pimpareleto
        Qu'aouyo tentat lous amourous
        Tant abio bèlo coulereto,
            Pel pè d'un maladret,
                D'un biroulet
            Fusquèt coutchado.
        Pourtant dins la journado,
    Grâco al sourel que l'esclayrèt,
    Prenguèt de forço et se lebèt
    Sur sa cambèto endoulourido
    En diren : Nou sèy plus poulido !

Mais quand la nèy toumbèt
Un ben laougè la caressèt
Et lendouma fusquèt guarido.

Uno Rozo-Pounpoun, fièro de la béoutat
Que rayounabo sur soun cat,
De sul ramèl oùn se bressabo
Atal la taquinabo :

— Diguo-me, tros de flou,
Qui t'a dounat lou dret de t'approucha de jou?...

— Z'ou bas sabé, Rozo tant bèlo,
Ma mémouèro me z'ou rappèlo :
Un jardinè qu'abio bezoun
De quaouquos motos de gazoun,
Un jour de mars sû la serado,
Pla decidat,
Ambé sa palo et soun aychado,
Al cat del prat
Se mettèt à l'oubratche;
Dins ré de tens atchèt un biatche
Que s'empourtèt
Et qu'arrangèt

En renguilletos
Tortos et dretos
Al pè d'aquel ramèl
Oùn sèy sourtido à bisto d'èl.

— Chosques pas tant lengudo!
Bay! se t'an aperçudo
Nou bioûras pas loun-ten!
Rappèlo-t'en...

— Pren-gardo à tu, bèlo entrounado!
Per tant qu'atches la renoumado,
De la mort coumo jou sentiras lou gros dit.

La Pimparèlo atchèt bien dit,
Car al mitan de la journado
Un fissaillou bourdoun-bourdoun
Sû la bèlo Rozo mièllado
Se rassazièt à soun bezoun.

Cruèlo destinado!...
Lou lendouma mati, de retour al trabal,
Lou jardinè fasquèt la bouquetado;
Quand la besquèt flestrido atal

La destrounèt d'uno toursudo :

Toumbèt per tèrro presque nudo !

En diren aques mots : — « Tu que de tas aoudous

« Nourrissés lous ayres jalous,

« Rozo ma sô, n'angues pas de la Pimparèlo,

« Pitchouno flou de prat,

« Critiqua coumo jou la raoûbo de dantèlo !...

« Simpleto daycho-lo quillado à toun coustat ;

« Crey—mé : débat lou Cièl, oh ! tout es bien plaçat ! ! »

BIENFÈYS DE BACCHUS

ASSAZOUNATS DE LATI DE COUZINO,

POÈMO EN QUATRE CHANS

RACOUNTAT PER UN GASCOU.

PREAMBULÉ.

Julias meus quietarum dicerit
Quœri pamprus.
Lut grana inflammarum bonerit,
Leis spiritus.

Août en nous quittan a daychat pel las bits
La pèrlo de Bacchus per charma lous esprits.

Mous frays, sé la bertat que ma bouco s'affano
A dire ambé bountat a toucat bostres cos,
Preguas quand l'*Angelus* fay tinda la campano
Que Dioù beille atengut sus bidots de l'enclos,
Sur aquel boy tourdut oùn la liquou se lotcho
Per nous douna la bito et lou countentomen,
Et per nous fa sabé que, s'abèn dins la potcho
        Quaouquo pèço d'argen,
Dibèn sans may tarda courré chez l'aoubergisto
        Oùn de l'aoudou sentèn la pisto,
        L'y cassa lou bérén!

                    Venimus negarum.

Aco's atal, paoùroïs, que dibèn, sans chimèro,
Apprene à lou plaça millou qu'à cin per cen.
L'argen al cabaret se transformo en matièro,
En matièro liquido et rand l'esprit counten...
Se nou coumprenès pas, legissès et souben
La pajo binte-cin, chapitre del *Pintatché* :
« Lou Bi dono as mortèls la forço et lou couratché !
« Et l'argen defraougnat pés dits ambitious,
« Entrayno à l'abariço et nous rand malhurous; »

Et d'aillur de boun dret, sur bostro counscienço,
Dibès tout à Bacchus; benissès soun essenço,
Prochè d'el restas fors, nou recules jamay!
La forço fay la louè : Nou boun dizi pas may!

Lut força coragium bonis,
Suis moqueris diretus bonum.

Hè-bé! pintas à mort, lunta-bous la paleto,
Abalas de bous cots d'uno manièro adreto,
Et pur! me coumprenès? N'angués pas escouta
Nat affrountat fripoun que parlé de l'aygua :
Merbeillouzo liquou, tu que damo Naturo
Dins un bourrou flourit te fourmèt cando et puro,
Un malhurous mortèl gaouzayo te gasta!
Malhur! cent cots malhur à qui te fraoudara!!

Liquorus inflammarum.

Liquou que sat oubri lou cami de la jòyo,
Liquou que per trinqua lou boun Dioù nous embôyo,
Tu que del cabanou jusqu'al riche palay,
Courrés de taoulo en taoulo et toutjour plazés may!

Gatché del bièl Noè, reliquo binatèro,
Escapo del brouquet al chan de ma prièro!!

CHAN PRUMÈ.

Lou més de septembre s'approcho
Biste, armèn-nous del goubelet,
Et per nous-aous tant que biro la brocho,
Beben un coupet
De boun Bi rouget.
Al dioù Bacchus cal randre graço
D'abé beillat sul boy tourdut :
Poumpiès, en ma cadun sa tasso !
Al cot de bébut
Fasquèn lou salut!!

Quære nectu, quære licia, quære donaris!
. . . . *chapitus.*

Que de noums! que de titrés!
Que d'aounous pés chapitrés!

Pertout parlon de tu, pertout banton toun noum :
La Franço, l'Italio, Espagno amay Piémoun
T'ennarton jusqu'al Dioû que gouberno la tèrro,
Dins uno coupo d'or oùn as plaço prumèro.

Dine corpus dora verserit pximerum.
Pertudiatus monitus perca.

Cessi per un moumen, pensas et parla-bous :
Crachas, ezternudas, tuchissès, mouqua-bous...

Sabès que bous èy dit dins un courtet passatché
Garda-bous de fraouda la liquou del binatché ;
Bous parlarèy pû tar dam' touto la razou.
Piano-à-piano, un moumen : se bos apprene espèro !..

Crézi fort d'abé dit, en bous parlan d'aounou,
Que dins la coupo d'or abio plaço prumèro.
Oh oui, z'ou gaouzi dire, et pertout à bèl tal
Podon canta : Sans el tout bay mal, mais bien mal !....

Liquorus vitam æternuralus.

Chèro liquou binouzo,
Randés la bito hurouzo !

Fas oublida lou mal, la mizèro et lou fret,
Procures al bezoun la pero pel la set;
Enchantes lous esprits, fas battre la campagno,
Fas basti sans argen de castèls en Espagno!
Des poultrouns espaourits tu ne fas de guerriès;
Des soutas bergounjous d'haïssables battalès;
Fas canta, fas ploùra, milo caouzos enquèro;
Anfin per n'en fini, per abé prumè fèy,
Nous fas coutcha, quand bos, al mièy de la carrèro
  Per espragna lou llèy!
Arô, per te pagua d'un chan de melodio,
Anan canta toun noum! lou mous et la folio,
  Toun grand bienfèy!!

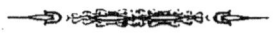

CHAN SEGOUN.

Nou pensén plus à la misèro!
Lou jus de treillo es arribat;
La poou n'es que sotto chimèro!
  Bebèn cot sarrat
  A nostro santat!

Amits, juran, se lou jus piquo,
Qu'un brabé jour nous troubaran
Morts, cufits debat la barriquo !
Mais tabé diran :
Soun morts en pintan !

Las cabos et lous tchays en aquel chan s'alandon,
De blèmes peccadous touts répentits se randon
Lous èls bagnats de plous, al mièy de l'examèn ;
Fan entendre aques mots : « Oh ! malhurous que sèn ! »

Coumprenon qu'an peccat, brâmon, se repentisson,
L'estoumat estarit, souffron et se maoudisson ;
Apèy cridon lou bentré ! aco's bray , z'ou sabèn...
Atchi, paoûrets, ço qu'es d'escouta la canaillo :
Polissons , danz un pal ! tu n'en bus je t'en baillo !
Aco randre serbice à grans cots de fourcats,
Que se defa de gens trés quarz pestiferats !
D'y pensa per ma fouè plourayoy de coulèro
En beyren d'aygourlès que salisson la tèrro !
Darrè ! cancarignols, figuros sans coulou !
Coumen ! nou sabès pas que la liquou binado
Es per se béouré puro et nou per estre ayguado,

Tello anfin que la fèt lou prumè coumpagnou?...
Et que lou Bi pertout fara toutjour la boguo,
Et qu'un Codo punis lou fripoun que lou droguo?...

Aniyoy bien pu lèn, mais se bous play, aban
Entounen lou couplet del gros Gargantuan :

—◦◦◦◦❖❖❖❖❖❖◦◦◦◦—

CHAN TROISIÈMO.

Gargantuan, tu que ta pla minjabés
        A toun repas
    Lous bous mos qu'embejabes
        En fait de gras,
Ensegno-nous lou moyen qu'enplouyabés
        Per abala
    Tout ço qu'imaginabés
        Sans te purja!

    Lous ayres retentisson,
    Lous pièls del cat s'hérisson!!

Paraoulos de Bacchus et de Gargantuan,
Abès derebeillat lous qui bous aymon tan !
Regarda-lous mastats ensemble pêlo-mêlo,
Touts rizéns, sans brouncha d'uno mèjo-semèlo !...
Attendon estarits... Oh ! per es, si bous play,
De fricot sù la taoûlo et de Bi dins lou tchay !

Comaren scie mundi ferrugina.

Coumo y'a de tout mounde et de gens de tout atché,
Et que baou dire un mot sur moun prumè passatché,
Parlarèy en francés et tantôt en gascon :
Pour que tous bien ensemvle entendent la réson.
Garo à qui fraoudara la liqur de binajo !
Il ira dins l'infèr, dit le Codo d'usajo.
— Pourquoi gasterais-tu, pandard, bil vohémien,
La liqur que por toi fut inbantai si vien ?
Tu bus donc enfoncer les vienfaits de toun maître ?...
Malhurus ignouran, apprans à te counaître :
Tu n'es cun bèr de terro agitè par le ban
Qui se sostient en l'air comme le cer-bolan.
Et tu boudrais railler, faire de badinados ?...
Enfouncè, moun éfan, avec les gascounados !

Ce qui és fait és fait : tu dois le respetter

Et non pas te meller de bouloir corriger.

Coumant! nou sabés pas, je gause te le dire,

Que sans le Bin sur terro on souffro le martyre?

En un mot qué c'est lui qui rend l'esprit countan,

Qui réchauffe le cur, l'estoumac et le san?

Qui fait des balureux, des amis, des coumpères?

Qui fait bider, claquer, les flacons et les berres?...

Oh si! bou le sabés, mais bous ne boulé pas

Qué ça soye le dit : Ne bous y trompè pas,

Insettes de Voileau : Botre philosophio

Bous mèno chez la Fiébre ou chez l'Hydropizio!

Et le millon de bèrs qui déborent bos curs

Bous feront trépasser sous les coups des buvurs!...

Allez, maudits coquins qu'abé la frénézio

De boiro la piquetto et dayché l'eau-de-bio!

    Fuyèz loin des bouchons

    Qui coronent nos têtes!

    Allez chez les démons

    Urler comme des vêtes,

Tant qué les curs countents, arrozés du sain jus,

Bont faire retentir des Hymnes à Vacchus!!

CHAN QUATRIÈMO.

Vite remercions tous ensemble
Notre honorable protecteur.
Qu'à nos chants le buveur d'eau tremble
Pâle de honte et de frayeur !

Amis, point de mélancolie !
Le vrai plaisir est chez Comus :
Le bonheur fait aimer la vie,
Le bon vin fait chanter Bacchus !

En aques darrès mots fasquèn la reberenço.
Des bieufèys de Bacchus gardèn la soubenenço.
Que dins cado oustalet, lou pay coumo lou fil
Al mèstre des bidots reciten la prièro :
« Oh ! de Bi, si bous plait !... inounda-n'en la tèrro !
« Escampa-lou pla lèn...., coumo l'aygo del Nil :
« Que l'homme negre ou blan bébé coumo un mousquil ! »

LOUS PASTOUS MATINALS.

Anen, pastourèls, leba-bous!
Et sur l'herbeto
Tant poulideto
Benès garda bostres moutous.
L'aoubeto del Cièl escapado
Jètto sa pèrlo de rouzado,
Despatcha-bous!

Biste! per playre
Entounas l'ayre :
Printen, printen,
Sazou poulido,
Pel Cièl caouzido,
L'Amour t'atten !

La nèy ramplègo paou per paou

    Lou soumbre bouèlo

    Que nous capèlo

Quand fazèn lou negre repaou ;

Dejà lou trut de la campano

Rebèillo l'écho de la plano,

    L'ayre es may caou.

Lou cièl s'alùquo de touts bors,

    Toutos las prados

    Se soun daourados

Dam' de milès de pimpoundors.

Bèlo jouynesso faribolo,

Per bous-aous tout se rebiscolo

    As dous accors.

Tout pousso per bous diberti :

    Pastou, pastouro,

    Escoutas l'houro

Que bous coumando de parti.

Quittas la languino al bilatche,

Anas canta dins lou bouscatche,

    De grand mati :

Biste ! per playre
Entounas l'ayre :
Del Cièl lassus ,
Sazou poulido ,
Toutjour flourido
Nous quittes plus ! !

QUATRIN.

L'AOUBO PRINTANIÈRO.

(IMITACIOUN.)

L'aoubeto al pè laougè , pù biste que lou ben ,
Pes rots et pes balouns announço lou bèl ten :
Et dam' soun bouèlo à jour en passan sur l'herbeto ,
Fay luzi dins lous prats la pèrlo de l'aygueto...

PIERRÉ LOU MENTUR.

Anèy dins un prat,
Proché del bos de la Barro,
Ey bis un gros Rat
Se battre damb' uno Aparo;
Pù lèn un Berdet
Que bebio à galet,
Sur soun esquino pourtabo
Quatre Moutous, uno Crabo;
Ey enquèro bis
Cracha dus Cardis.

Ey bis un Sourbè
Que cado an porto de rabos,
Amay un Prunè
Oùn èy ramassat de fabos;

Et sur un Sapin
Un nioù de Lapin ;
Ey bis lou pay que dintrabo
Et`la may que lous pensabo :
Aco's uno Pioù
Qu'abio fèy lou nioù.

Ey bis sul rastoul
Dus Péis que se soureillabon ,
Amay un gros Poul
Que dus Bigars empourtabon ;
Pù lèn un Ninot ,
Dus Grils, un Barbot
Que fazion à pijoun-bôlo ,
Tens en tens la cabriôlo ,
Et quatre Froumits
Poudabon las bits.

Ey bis sur un Rot
Uno Bâco que cantabo,
Et dins un Esclot
Un Piot de poou s'arrucabo ;
Pù lèn un Pijoun
Jougua del biéloun ,

Fazio dansa quatre Agassos
Que pourtabon de moustachos;
    Un paoûre Parrat
    Rizio coumo un fat.

    Ey bis un Gat blan
Setut dins uno bouèturo,
    Coumo un charlatan
Guarissio pit et brûluro,
    Bendio de platous
    Pés cors, pés ougnous,
Franc coumo un Azé quand reculo,
Goubas aquelo pilulo :
    Sèy un paou blagur,
    Mais sèy pas mentur !!

A LA BILO DE BAGNÈROS.

Bagnèros, ta bèlo coumpagno
Cado annado me réjouis,
Talèou que bezi ta campagno;
Me crezi dins lou Paradis.

Tas mountagnos, haoutos bezinos,
Coubèrtos d'un blanc argentous,
La nèyt esclayron las coulinos,
Lou jour attendou las amous.

Aci dins toun ayguo claretto
Lous malaous casson sas doulous,
Soun lèou guarits, et sù l'herbeto
Respiron l'encens de tas flous.

Cado mati per tù l'Auroro
Parey dins un mantèl daourat,
Et Zéphyr del cazal de Floro
Te porto lou souffle embaoumat.

Lou sero sur tas permenados,
Debat toun ciel fresquet et pur,
De gens de toutos las countrados
Trôbon plazé, trôbon bounhur.

Prince, mylor te rand bizito,
Un mounde entiè chez tu se play :
S'ès lou paradis de la bito
Et lou grand miral del Palay.

Jou per dire moun grand mercio
As plazés que m'as dounat part,
D'ambé de flous de poézio
Courouni toun froun mountagnard ! !

LOU CHARLATAN EN FIÈRO.

Soulatchi la souffrenço,
Del paoùre malhurous...
Counsèrbi l'existenço
As bienhurous!

Mei desparatus malorum imaginus.

Nou dezespèrés pas, malaoù imaginari,
Porti per te guari lou baoùme salutari
Que mil ans, amay may! la tèrro a capelat :
Hè-bé! nou y a que jou, jou soul que l'èy troubat!.....

Perqué doun la Naturo,
Poussado pel sourel,
D'aquelo planto obscuro
Oùn a paouzat l'artel
Ma fèy lou debinayre?.....

Perqué? Bous z'ou baou dire : És qu'èy satchut l'y playre.
Arô, tout estounats, boudrés sabé moun noum :
Nou l'èy pas prés al bos, coumo lou champignoun ;
L'èy prés al mièy d'un can, sur un fagot de paillo,
            Al trit–trit d'un pioulet
            Qu'appelabo la caillo.
Tabe n'an pas manquat de m'appéla Caillet :
Suiban lou reprouberbe aco's cadun soun dret !...

Passen atchi dessus et parlen d'aoutro caouzo :
La bito mort de fam, chel bezoun, quand se paouzo ;
Alors cal trabailla, chosque bien, chosque paou ;
Mais sé lou sort jalous bol que toumbés malaou,
Que bous sanglé lou bras d'uno paralysio,
Chosque doulou, membrano ou bien hydropizio,
Ou fièbre, mal de cat, couliquo et cœtéra,
Que farés sans secours, sé boulès n'escapa?...
            Hè–bé! bous z'ou baou dire :

Me semblo que quaouqu'un s'es permettut de rire !...
    Malhurous ignouren !
Nou bèni pas aci serbi de passo-ten !...
Tabé n'entendi pas, en bous randren serbice,
Que bèngues en jinguan me troubla per caprice :

Morem sei leus quœri ex prœsenciâ.

Hurous es lou paoûre d'esprit :
Attrapa aco's mal escoutit ! !

Torni sur moun cami : Per parla maladio
Bous dizioy doun, mous frays, sans charlatanerio,
Lou moyen lou pû court per escapa del mal :
Aco's es d'emplouya moun platou bégétal !

Comencarent suis forca.

Baou coumença de bous dire sa forço :
D'abord pren à la pèl coumo un pey à l'amorço,
Ni péguo ni goundroun nou pot se coumpara,
Quand bous toumbo sul cor nou bol plus s'en tira ;

Benès n'en prene counechenso,
Approucha-bous de jou damb' touto counficuço,
Demanda-mé soun noum, sa qualitat, d'oùn sort?
Bous respoundrèy cot sét : Del loutchis de la mort!...
De la tèrro, ignourens, doun tiran touts la bito...,
D'atchi, z'ou gaouzi dire, oùn tout bèn et se quitto!....
— Coumo diable se fay, diran lous may curious,
Que dins aquel endret oùn anan de clucous,
Oùn la scienço se pèrd dunpèy qu'un mounde existo,
Atchés, d'un bégétal, pouscut trouba la pisto?....

Lèy troubado, pourtant, teni la prubo as dits!...
        Escoutas, mous amits :

        La mâ sur la counscienço,
Dins mens d'uno minuto abrèjo la souffrenço,
Es bou per touts lous mals : Gripo, gâlo, doulous,
Gastrito, mals de cat, lous cors et lous ougnous;
Guaris lou mal d'aoureillo, abalis la languino,
La garrampo, l'entorso et fluxioun de potrino,
La goutto, mal de rens, la télo de sù l'èl,
Amay lou lézé blan que bous minjo la pèl;
Lou turbomen de cat, la fièbre, hydropizio,

Lous *càrdis*, lous flourouns et la paralyzio;
Lous battomens de cô, burluro, durillous,
Touto suzou dintrado et las deminjèzous,
Touts lous mals, sans menti, que courron sû la tèrro,
Jusqu'à la pû grando mizèro ! ! !

Que lous qui n'an bézoun preparen soun argen !
Per cin sos, nou pas may ! bous z'ou dizi sans farço :
L'estroupiat pot marcha sans bastou, sans escarço !...

(*Tambour, un roulomen ! ! !*)

Moun emplastre
Guaris cot-sét !
Regarda-lou que luzis coumo un astre !
Moun emplastre
Guaris cot-sét
Et la mizèro et la fam et la sét !

Oh ! se per cas souffrias d'uno couliquo,
Per n'en guari bous cadra, bounos gens,
Dus cots per jour d'un biéloun à bourriquo
Bous fa freta las cambos et lous rens.

Pel mal de cal sù la cruquo s'apliquo,
Sans oublida que cal cado mati,
La bien laba dambé d'ôli de triquo
Per bous cassa l'embejo de droumi.

Moun emplastre
Guaris cot–sét !
Regarda-lou que luzis coumo un astre !
Moun emplastre
Guaris cot–sét
Et la misèro et la fam et la sét ! ! !

A LA BILO DE MOUNTAOUBA.

Mountaouba, s'ès bilo caouzido
Oùn trôbon filletto poulido !
Aco's chez tu qu'es lou cazal
Oùn la Béoutat pousso à bèl tal.
Floro dins toun poulit partèrro
A plantat sa flou printanièro ;
Oui, Mountaouba, saras toutjour
Lou nioû lou pu bèl de l'Amour !

Proché de tu tout se daourejo,
A may d'un Rèy fayos embejo :
Per tu cado aoûré se flouris,
Per tu l'aouzèl se rejouis ;

Et las Muzos per bien te playre
Canton per tu lou pû bèl ayre.
O Mountaouba! saras toutjour
Lou nioù lou pû bèl de l'Amour!

Semblo que chez tu la Naturo
Es may cando dins sa paruro;
A toun cièl abibat et pur
Brillo l'estèlo del bounhur!
Et Mars lou grand dioù de la guèrro
Te crido : Gardo bien memouèro
Qu'à l'oustal que fay couèn del Poun
Nasquèron *Quatre Fils d'Aymoun!!*

LA BÈLO PASTOURO

DES PRATS.

Pastouro, pren bèlo paruro,
Lous bès jours per tu soun tournats;
Pôdes beni sù la berduro
Dam' tous agnèls amistouzats.
Per tu dejà la pimparèlo
Dins las prados et pés balouns,
A pres sa raoubeto noubèlo
Et brillo al mièy des bers gazouns.

Lou soun del cor se fay entendre
Pertout oùn portés ta béoutat,
Et lou pastou te bay attendre
Oùn t'embrassabo l'an passat,

Lou bas trouba mort de languino ,
Tu soulo podes lou guari ,
Res qu'en beyren ta bouno mino
Soun cô finira de souffri.

Quand toun èillou cats al bouscatche
Jètto soun regard amourous ,
Per milès del mièy del feillatche
S'ennarton de cruns d'aouzelous ,
D'un bol rapide que fend l'ayre
Proché de tu se ban paouza ,
S'espioùbon per millou te playre
Et s'esgouzillon de canta.

Despatcho-te , court te fa beyre :
Sans tu la jôyo n'es que dol !
Oh ! tu soulo , z'ou podes creyre ,
S'ès la rèyno del roussignol :
S'ès lou miral de la campagno ,
S'ès la rozo de las amous ,
S'ès la déèsso et la coumpagno
Dè las pastouros , des pastous ! !

RETOUR DEL ROUSSIGNOL.

Chut!... lou roussignoulet
Pel touffut brencatché,
Ambé soun ramatché,
Chut!... lou roussignoulet
Bèn cassa lou fret.

Regardas dejà
Coumo tout s'afano
A reberdeja
Lou rot et la planò.

Bien lèou lous pastous,
Sur l'hèrbo flourido,
A milo cansous
Latsaran la brido.

L'agnèlou counten
Pel can et pradeto,
D'un noubèl printen
Broustara l'herbeto.

La rozo et l'uillet,
Flous tant embejados,
Pel parpailloulet
Saran cajoulados.

Entendren l'aouzèl
Pincat sùl bouscatché
Parla cats al cièl
Soun poulit lengatché.

Lou jèt del sourél
Que cadun espèro,
D'un riche cabél
Floucara la tèrro.

Chut!... lou roussignoulet,
Pel touffut brencatché,
Ambé soun ramatché,
Chut!... lou roussignoulet
Bèn cassa lou fret!!

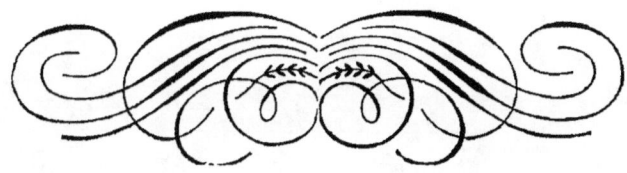

A GABRIÈLO

MODÈLO DE LAS PASTOUROS.

————•✦✦✦✦•————

Aymablo pastourèlo,
Idôlo de l'Amou,
Coumo la tourterèlo
Al tourterèl fidèlo,
Fidèl es toun pastou.

Las sègos et las prados
A toun èillou blu, degourdit,
Se prézenton floucados,
Per tu tout rit,
Tout es flourit!

Oh ! nou , ma Gabrièlo ,
Debat soun bouèlo blan ,
Jamay la doumayzèlo
 A soun galant
Que tu nou playra tant !

LOU GRAND AOURATCHÉ

DEL 5 ABRIOU 1858,

JOUR DE LA BOTTO A SENT-ALARY.

———◈◈◈———

Lou cin d'abriou, en toumban sul dilus,
Bèlo paouzo aban l'*Angelus*,
Coumo l'estèlo se coutchabo,
Agen se rebeillabo
En se fan bèl,
Al cot d'alo d'un ten noubèl.

Pés rots, pés cans tout fouragnabo;
L'aoubo rajento de béoutat
Perlabo lou bouquet de la bierjés del prat,
Et lou sourel degrumelabo
Sous milès de rayouns daourats
De touts coustats.

Per festa la sento journado,
Fillo, gouyat, pitchou, maynado,
Abion prés l'habillomen nèou
Per ana permena sùl cami de Bourdèou.

Sul sero, à cinq houros et mèjo,
Al grand cot de la fèsto un labassis de plèjo
Poussat per un gros bén,
Lou tounèrre, la grèlo
Begnon de fa fugi lou mounde pèlo et mèlo
Et d'abali dins un moumen
Tout ço qu'uno sazou noubèlo
Estalabo tant richomen :
Lous aouzèlous toumbabon
, Morts ou blassats,
De sus aourés pelats, rascats,
Et las flous qu'habillabon
Lous ramèls et lous prats,
Courrion lous rious et lous balats.

En bilo las téoulados,
L'ardouèzo des clouchès,
Las bitros, las façados,
Lous plafouns, lous planchès,

Debat lou trut d'aquelo degrunado
Tout craquèt, se demaneguèt
Et cadun se crezèt
A la fi de sa destinado ! !...

Uno houro aprèt
Lous us abion las mas plegados,
D'aoutres las gaoutos esquissados
Ou bien lous èls macats
Pés grus de glas qu'èron toumbats.
Tout announçabo la mizèro
Dins l'oustalet et lou castel !...

Batchi la béritablo et doulourouzo histouèro
Que cadun dins Agen gardo dins sa memouèro !...
Oh ! mais anèy, graço à la mâ del Cièl !
Tout se guaris et tout se fay pù bèl ! ! !

TABLO.

TRÉS FAOUTOS

Glitsados dins moun Libre.

A la pajo 80, prumé bèr del darrè couplet, l'imprimur et jou abèn oublidat lou mot DE. Per counsequén, aouréz la bountat de legi d'aquelo manièro :

> Poupas, poupas, al sé DE la Bitouèro.

A la pajo 89, lou septièmo bèr es trop loun ; lou cal dire atal :

> Semblo dire tout bas : Pes balats, pes camis,

A la pajo 134, lou doutzièmo bèr : — Pourtan per se saouba, etc.. — n'és pas à sa plaço ; cal qué bèngué lou tretzièmo, tout de suito aprét, et noun pas aban, lou qui coumenço atal : D'aci-bas coumo jou, etc., etc.

A la page 13, ligne 14ᵐᵉ de la Préface, il faut lire FOUILLÉ au lieu de fouilla ; — et à la page 16, ligne 13ᵐᵉ, lisez PLUS au lieu de plus.

PRIX : 5 FRANCS.

EN VENTE A AGEN, CHEZ :

L'Auteur, rue du Temple ;
Allègre, libraire, sous les Cornières ;
Crespy, libraire, rue Saint-Antoine ;
Crouzet, libraire, rue Floirac.

www.ingramcontent.com/pod-product-compliance
Lightning Source LLC
Chambersburg PA
CBHW051826020726
47502CB00005B/1649